COBALT-SERIES

うちの殿下は見事な脆弱さと驚きのどんくささを持つ素晴らしい女性《ひと》です

最弱王女の奮闘

秋杜フユ

集英社

CONTENTS

うちの殿下は見事な脆弱さと
驚きのどんくささを持つ素晴らしい女性《ひと》です
最弱王女の奮闘

CHARACTERS

セラフィーナ

ルーベル国次期女王。
人並みの能力しか持たない、
「亜種」の中では弱すぎる存在。
その脆弱さゆえ、国民はじめ
夫候補の騎士たちは
セラフィーナを溺愛し
忠誠を尽くすのだった……。

エリオット

天使のような容姿ながら
ずばっと痛いところをついてくる
一面も。愛ゆえにいちいち
セラフィーナを小馬鹿にしてくる。

コリン

6歳でも夫候補。
愛くるしい言葉で、
セラフィーナを
和ませる。

ジェローム

優秀な若き宰相。
冷静沈着、知の豪傑、
ながら——
激しく女王LOVE。

ルーファス
亜種返りと呼ばれる、
亜種の中でもずば抜けた存在。
女王への忠誠心も人一倍。
愛が有り余って、
セラフィーナをやたらと触りたがる。

イラスト／明咲トウル

うちの殿下は見事な脆弱さと驚きのどんくささを持つ素晴らしい女性《ひと》です

最弱王女の奮闘

【第一章】最弱王女の悪あがき

代々女王が治めてきた国、ルーベル。

王都の中心、小高い丘の上に、気高き女王にふさわしい白亜《はくあ》の城が建っている。

城内には広い中庭があり、中央に設置されている噴水のほかに、手入れされた低木と生け垣《いがき》が植えられているだけで、よく使用人の子供たちが駆けまわって遊んでいた。

その広場に、いま、人だかりができている。

集まる人々はメイドや役人、騎士と様々で、皆が皆、ひとりの少女を囲んでいる。

固唾《かたず》をのんで見守る先に立つ少女――セラフィーナは、丁寧《ていねい》に梳《くしけず》られたハチミツ色の髪をそよ風になびかせ、つややかでほの赤い唇をとがらせている。朝露に濡れる若葉のような瞳で足下のボールをにらんでいた。

セラフィーナの頭よりひとまわり大きいそれは、ただのボールではない。中には綿ではなく砂を詰めてあるため少々つぶれた形をしており、見た目以上に重量があった。それこそ、増水した河川の氾濫《はんらん》を防ぐ土嚢《どのう》として使用できるくらいに重い。

深呼吸を繰り返し、精神統一をしてから、覆《おお》い被《かぶ》さるようにして腕を伸ばした。髪を飾るボンネットのリボンが視界の端に映る。地面とボールの間に手を滑り込ませて足を踏ん張り、かがめていた上体を起こしてボールを持ち上げた。

胸に抱え込むというより、腕にぶらさげているといった体《てい》で、セラフィーナは一歩、二歩と足を進める。淑女《しゅくじょ》にあるまじきがに股《また》っぷりだが、地面から少し持ち上げるだけで精一杯なのだ。パニエで広がった長いスカートの下に隠れているから大目に見てほしい。

青い芝生《しばふ》の上を一歩踏み出すたびに横へ転げそうになり、観衆からは押し殺した悲鳴が上がった。

転ばないよう、小さい歩幅で右に左に身体《からだ》全体を向けながら進む。滑稽《こっけい》な動きだが、本人は真剣だ。もちろん、周りの面々も笑ったりはしない。むしろ本人以上に必死の形相《ぎょうそう》で食い入るように見つめていた。

目指すは中庭の端に置いてある、かご。ほんの数メートルの距離くらい運べるだろうと思っていたが、甘かった。最初に手のひら全体でボールを抱えたはずなのに、いまでは指の第一関節でなんとか引っかけている状態である。指先がぷるぷる震え、指の根元から引っこ抜けるのではと不安になった。

「殿下、あと少しです。頑張ってください！」

「あと五歩……いや、三歩です！　こらえてください！」

「あぁ、殿下……ボール運びごときに汗まで流してなんと愛らしい」

必死なセラフィーナを見て、こらえきれず周りから声援が飛ぶ。一部馬鹿にしているのかと思う声も聞こえたが、無視だ。

歯を食いしばり、額に汗をにじませながら進み続けた結果、セラフィーナは見事ボールをかごまで運びきった。

「殿下、おめでとうございます！」

「見事でございます！」

「あきらめることなくやりきる姿……感動いたしました！」

見守っていた面々が、拍手とともに喝采《かっさい》を贈った。自分の頑張りを認めてもらえたみたいでうれしい。

やりきったと満足感をかみしめながら、セラフィーナは運んでいる間ずっと丸まっていた背筋を思い切り伸ばした。両腕が軽い。指先に血が巡っているのか熱かった。

「王女様～、トレーニング、終わった？」

「ボール、使っていいよね？」

達成感に浸るセラフィーナの背後から、十歳ほどの子供たちが現れた。まだなにも答えていないというのに、彼らは周りの空気を正しく読み、さっさとボールをつかんで走り出す。

そう。走ったのである。

セラフィーナが身体全体を使って抱え込んでいたボールを、あろう事か彼らは片手で持ち運んだ。しかも、中庭中央の広場にたどり着くなり、高く放り投げてキャッチボールを始めてしまう。

腕がもげてしまうのではないかと思うほど重かったボールが、高く空を飛んでいる。しかも、それを難なく受け止める、十歳児。

呆然《ぼうぜん》とするセラフィーナに気づかず、取り囲んでいた面々もばらけ、各々《おのおの》の持ち場へと帰り始めた。

「いやぁ～、今日の殿下もかわいかったなぁ」

「子供用のボールを運ぶだけで、あんなに必死になるなんて……素晴らしい脆弱《ぜいじゃく》さだ」

「本当に、なんと脆弱な……さすが次期女王」

散らばっていく観衆たちの勝手な評価と、子供たちの楽しそうな声を聞きながら、セラフィーナは、後ろへ倒れた。


代々女王が治める国、ルーベルは、人と似て非なる者──亜種《あしゅ》の末裔《まつえい》が暮らす、世界で唯一の国だった。

亜種は人間と変わらぬ容姿と寿命《じゅみょう》を持ち、同じ言語を難なく操り、文化的な生活を営《いとな》むなど、見た目では判別ができないほど似通っている。

それでも別の種族だと定義するのは、亜種が、人間とは比べ物にならないほど高い身体能力を有しているからだ。純粋な亜種は存在しないと言われる現在でさえ、その身体能力は依然として高い。

ひとっ飛びで砦《とりで》の塀《へい》を越える脚力、道をふさぐ大岩さえも軽々と放り投げてしまう腕力。矢を射れば遙《はる》か遠くを羽ばたく鳥を落とした。

身体能力にのみ特化しているのかと思えば、知力にも優れている。

彼らはその恵まれた身体能力ゆえに、生活を豊かにする道具の開発といった工夫《くふう》をしない。しかし、どれほど複雑なからくりであれ、一度目にしてしまえばすぐに同じものを作りあげてしまう。

人間が敵《かな》うはずなどない絶対的強者、亜種。

そんな彼らの頂点に立つ女王は、亜種の常識から外れた存在といえた。

飛び上がったところで、腰の高さの段差を上るのがやっとの脚力。ワインが詰まった樽《たる》を持ち上げられない腕力。弓を引き絞《しぼ》ることすら不可能だ。

亜種の血を引いておきながら、人間と同等の能力しか持たない存在——それが女王。

しかしながら、亜種は女王に絶対的な忠誠を誓う。人間からすればごくごく普通の、亜種と比べたなら無能にしか思えない女王が、彼らにとっては敬《うやま》い、愛し、庇護《ひご》するべき存在なのだ。

女王がいれば他になにも望まない。

たとえ会えずとも、少しでも傍にいたいと思う彼らは、国を出ることすら嫌う。他国で見る亜種は、たいていルーベル国が周辺国の治安維持を助けるため、各国からの要請を受けて派遣した騎士だった。

女王がいる限り、亜種はその強大な力で他国を征服などしないだろう。なぜなら、そこに女王はいないから。

つまり女王は、人間にとって、亜種を押さえる命綱《いのちづな》といえた。

「手にまめができていますね。全治一週間といったところでしょうか」

ショックのあまり気が遠くなったものの、なんとか意識を失うには至らなかったセラフィーナは、自室に戻って手当てを受けていた。

「水ぶくれができていますが、つぶれてはいませんのでとくに処置は必要ありません。ただ、あまり無理をされませんように」

向かいに座り、診察を行っていた男は、そう言ってセラフィーナの手のひらを労《いたわ》るように撫《な》でた。

丁寧に耕した大地を思わせる焦げ茶の髪と神秘的な金の瞳を持ち、赤を基調とした騎士服を纏《まと》ったこの男は、ルーファス。セラフィーナの護衛のひとりで、中庭で倒れそうになったセラフィーナを危なげなく受け止め、ここまで運んできたのは彼だった。

どれだけセラフィーナが自分で歩けると言っても聞きやしない。部屋にたどり着くなり、本人すら自覚していなかった手のまめに気づいて、手当てをさせろと言ってきたときは恐怖すら感じた。

「あなたって……本当に私のことをよく見ているわよね」

「敬愛する殿下に、憂《うれ》いひとつなく心穏やかに生きてもらう。それが私の使命ですから」

まっすぐにセラフィーナの目を見て、なんの迷いもなくさらりと言い切る。まるで芝居じみた言葉だが、ルーファスが言うと絵になった。きっと年頃の娘であれば頬《ほお》を染めてうっとりするのだろう。セラフィーナもうっかりときめきそうだ。

いつまでも手を撫でくりまわされてさえいなければ。

セラフィーナはルーファスの手を振り払うと、自由になった自らの手のひらを見た。少し痛みがあると思っていたが、指の付け根にまめができている。

ため息をこぼしていると、背後に立つ人物がのぞき込んできた。

「うっそ、ボール運んだだけでまめができるの？　さすが殿下。脆弱だね」

歯に衣着《きぬき》せぬ物言いで笑ったのは、エリオット。まばゆい金の髪と夜空を詰め込んだような蒼い瞳を持ち、中性的な、ぞっとするほど整った面差《おもざ》しをしている。白を基調とした騎士服を纏う彼はルーファスと比べると身体の線が細く、青年と少年の過渡期《かとき》といった体躯《たいく》をしているが、れっきとしたセラフィーナの護衛である。

無遠慮《ぶえんりよ》に肩にあごをのせてくるため、セラフィーナはエリオットの麗《うるわ》しい顔に手を当てて押しのけた。

「ちょっと、脆弱なんて失礼なこと言わないでくれるかしら。これでも毎日身体を鍛えているのよ」

先ほどのボール運びだって、鍛錬《たんれん》の一環だった。十歳の子供たちが遊び道具にしているボールを、ほんの少しの距離しか運べなかった時点で、自分がいかに非力かを証明している気もするが……そこは深く考えてはならない。何度も言うが、あのボールは重いのだ。

今日はもう勉強の時間が迫っている。大がかりな鍛錬はできないので、せめてと座ったまま両足を持ち上げた。

わずかな時間すら惜しんで鍛錬をするセラフィーナを見て、エリオットは盛大にため息をこぼした。

「どうして身体を鍛えるのか、意味がわからない。弱くていいじゃん」

「そうですよ、殿下。いまのままでも、素晴らしい脆弱さです」

「みんなして口を開けば脆弱脆弱って……脆弱は素晴らしい事ではありません！」

むしろ悪口だと思う。どうしてセラフィーナの周りは脆弱脆弱と繰り返すのか。まったく褒《ほ》められた気がしない。

しかしそれを、ルーファスが否定する。

「いいえ、この上なく素晴らしい事です！」

珍しく声を強めて言い切った彼は跪《ひざまず》き、伸ばしたままぷるぷると震えるセラフィーナの両足を支えた。これでは鍛錬にならない。振り払おうにも、がっちりと足首をつかまれていて不可能だった。

「邪魔をしないで、ルーファス。私は強くなりたいの！」

憤慨《ふんがい》していると、エリオットまでセラフィーナの足を抱えるようにして支えだした。

「どうして強くなる必要があるのさ。脆弱さこそ、女王の証《あかし》なのに」

「そうです。か弱き女王こそ我らの理想！」

「脆弱な女王を、僕たちが全身全霊をかけて守る……それが僕たちルーベル国民の喜びなんだよ」

ルーファスとエリオットが、熱に浮かされたような顔で語りだしたかと思うと、唐突《とうとつ》に表情を引き締め、声をそろえて言った。

「そして、子供にも劣る無力な女王を愛《め》でたい！」

「絶対強くなってやる！」

セラフィーナはたまらず叫んだ。

子供より無力なさまを愛でるだなんて、悪趣味にもほどがある。しかし残念なことに、セラフィーナの周りはふたりと同じ考えのものしか存在しなかった。

「殿下は次期女王なのですよ。女王陛下に強靭《きょうじん》さなど必要ありません」

「だから、私は女王になどなりたくないの！」

セラフィーナが苛立《いらだ》ちのまま言い放つと、ルーファスとエリオットは驚愕《きょうがく》の表情で手を離した。途端、重力に逆らえなくなった両足が床に落ちる。

「そんな……殿下以外に、誰が女王になるというのです。殿下は、先代様の忘れ形見《がたみ》なのですよ！」

「ルーファスの言うとおりだよ。殿下は先代様が産んだ唯一の女児なのだから、君以外に誰が女王になるというの？」

ふたりの言うとおり、母である先代女王はセラフィーナを産んだあと間もなく儚《はかな》くなった。そのため現在女王は空位であり、その穴を宰相《さいしょう》をはじめとした貴族たちが一致団結して埋めている状態だ。それもセラフィーナが十六歳の成人を迎えて女王の位を継げば解決する。

だというのに、当のセラフィーナには、女王即位をどうしても阻止《そし》したい理由があった。

「ねぇ、前々から言っているけれど、女王を空位にしておくなんてよくないと思うの。ほら、国民が不安になるでしょう。だから、一時的でもいいから誰かいい人を即位させてはどうかしら」

そしてそのまま、一時的とは言わず永遠に女王として国を導いてもらうのだ。

しかし、ルーファスは首を横に振った。

「殿下がいらっしゃるのに、繋《つな》ぎの女王など必要ありません」

「いや、でも、私が即位するまで、まだあと少し時間が——」

「いいですか、殿下。先代様を若くして亡くし、我々ルーベル国民は悲しみに暮れました。しかし、先代様は我々に希望を残してくださったのです。それこそが、殿下、あなた様なのです」

「身体《からだ》が弱かった先代様が、命をかけて君を産んだんだ。君以外、女王にふさわしい存在など、ありはしない」

胸に手を当てるルーファスも、両腕を組むエリオットも、神妙な顔で話している。

身体が弱かった先代女王が、命をかけて産んだ唯一の女児。なるほど確かに、それだけを聞くと国の未来のために献身した女王の美談に聞こえる——が、セラフィーナは大きく頭を振った。

「ふたりとも、その言い方だと語弊《ごへい》があるわ。確かに、お母様は私を産んだあと亡くなった。でもそれは、身体が弱かったためでも、私が特別難産だったわけでもない。ただ単に、それほど身体が丈夫ではないくせに、八人も子供を産んだからよ！　ひとり出産するだけでも命がけだっていうのに、無理をさせすぎでしょうが！」

先代女王は十六歳で即位してから、立て続けに七人の子供を産んだ。しかし跡取りとなる女児には恵まれなかった。七人目を産んでから十数年後、奇跡的に懐妊《かいにん》。その後、女児を産み落としたのである。

「なぁにが、命だけで次代の女王を残したこの……女児が生まれるまで毎日毎日（自主規制《ピー》）まくって、ただ単に（自主規制《ピー》）されただけでしょう！」

「（自主規制《ピー》）された、などと……そんなはしたない言葉を使ってはいけません！」

顔を赤くして注意するルーファスと違い、エリオットは「まぁ、事実だよね」と笑った。

「女王の一番の務めは、次代の女王を残すことだよ」

「だからって、女王ひとりに対して夫を何十人もつける必要がある!?　私は（自主規制《ピー》）されるなんて絶対に嫌よ！」

「別に女王になったからといって、すぐに夫を何十人も迎えるわけじゃないよ。いまのところ、殿下の夫候補は僕とルーファスだけだもの」

ルーファスとエリオットは、セラフィーナの護衛兼夫候補である。

女王を断固拒否したいセラフィーナとしては、夫候補など必要ないのだが、勝手に選んで勝手に決まってしまった。王女という立場的に、護衛が必要なのは自覚しているので、彼らのことはただの護衛だと思うことにしている。

「とにかく！　私は女王になるつもりはありません」

セラフィーナがつんと顎《あご》を持ち上げて宣言すると、ルーファスは眉《まゆ》を下げて苦笑し、エリオットは目をすがめて鼻を鳴らした。

「君以外に、誰が女王になるというの？　言っておくけど、ルーベル国にとって女王は心の支え。必要不可欠な存在だ。国民は新しい女王の即位をいまかいまかと待ちわびている。殿下のわがままでいつまでも空位にしておくなんてできないよ」

エリオットの主張がまっとうすぎて、セラフィーナは口をへの字に曲げてうなる。

なぜそれ程までに女王にこだわるのか、わからない。わからないけど、女王本人だから理解できないんだと言われては困るので、口に出すつもりはない。

そもそもどうして自分が女王だと決まっているのだろう。いつかの授業で、女王の条件は誰よりも脆弱《ぜいじゃく》であることと聞いたが、セラフィーナが最も脆弱であると、どうして言い切れるのか。

「……そうよ、そうだわ。どうして私が一番弱いと決めつけるの？　もしかしたら、私より弱い人がいるかもしれないじゃない」

王族の女児はセラフィーナだけではない。歳《とし》の離れた兄たちの子供の中に、何人か同じ年頃の娘がいたはずだ。

「殿下以上に見事な脆弱さを持つ存在など、いません！」

すかさずルーファスが否定する。

見事な脆弱とはいったいどんな弱さなのか気になったが、それ以上に、こちらを見つめるエリオットの「なに言ってんのこの人」と言わんばかりの表情が腹立たしい。

「なに言ってんの。身体だけじゃなく頭も弱いんだね」

実際に口にした　しかも、もっとひどいことを言っている！

当然の主張をしているだけなのに、どうしてここまで言われなくてはならないのか。腹が立ったセラフィーナは、頬《ほお》を膨《ふく》らませながら決心した。

「よし、決めた。お兄様たちの娘の中に、次期女王候補がいないかどうか、調べてみましょう」

「殿下、それは……」

「無駄だと思うけどなぁ」

「やってみないとわからないでしょう。女王とは国民にとってかけがえのない存在です。その選定に、間違いなどあってはなりません。わずかな疑問すら残してはならないのよ」

我ながらいい考えだと思ったのに、こちらを見つめるエリオットは呆《あき》れた表情をしているし、ルーファスに至っては聞き分けのない子供を愛《め》でるような目線を送ってくる。失礼すぎではないだろうか。

「……とにかく、すべての王族の娘を調査します。もしも他にふさわしい人が現れたときには、私は次期女王という立場にしがみついたりせず、潔《いさぎよ》く身を引きましょう」

セラフィーナは胸を張り、凜々《りり》しい表情で宣言する。

「どうせ自分が最弱って証明されるだけだと思うけど」

「それが殿下の望みとあらば……致し方ありません」

ぶちぶちと文句を言っていたふたりは、ぴたりと口を閉じ、胸に手をあてて恭《うやうや》しく膝を折った。

「我らが主《あるじ》のお望みのままに」


　女王とは、この国の頂点だ。当然のことながら、強大な権力を手に入れることができる。それは女王の家族にとっても同じ。両親に至っては、やりようによって女王以上の権力を手に入れられるだろう。

　いくら兄たちがセラフィーナを溺愛《できあい》していても、一度は夢見たはずだ。自らが権力を握り、国を動かせたなら――と。

　しかし、セラフィーナの予想に反し、新たな女王候補発掘は難航した。どういうわけか、誰もかれも「王女殿下以外に女王にふさわしいお方はいません」と言って手を上げようとしなかった。八歳の姪《めい》っ子にまで「セラフィーナ様より弱いなんてありえない」と言われる始末である。

　この結果に、セラフィーナは頭を抱えた。

「……おかしい。普通、権力がほしいものなんじゃないの？」

　せっかくティータイムの用意ができているというのに、みずみずしいフルーツが彩《いろど》るタルトに目もくれず、セラフィーナはテーブルに突っ伏した。

「だからさぁ、言ったじゃん。無駄だって」

セラフィーナと一緒にテーブルを囲んでいたエリオットが、冷たく言い放って紅茶を味わう。ルーファスもカップを片手に深くうなずいた。

「我々ルーベル国民にとって、女王とは心の支えなのです。王族の娘というだけでなれるものではありません」

ふたりそろってテーブルを囲う様子は、まるで一枚の絵画のよう。エリオットが天使なら、ルーファスは男神だ。剣を片手にペガサスに乗るルーファスを、背中に翼をはやしたエリオットが祝福する絵が浮かんだ。

セラフィーナがどうでもいい妄想を繰り広げていると、横から「しんぱいいりません、でんか！」と幼い声が飛んできた。

視線を向ければ、テーブルの向こうにくりくりの巻き毛がのぞいている。立っているにもかかわらず、テーブルから頭半分しか出ていない彼は、最近六歳の誕生日を迎えたばかりのコリンだ。

くるくると巻いた茶色の髪と、青みがかった緑の瞳を持ち、常にバラ色に染まった頬がなんとも愛らしい。これでもれっきとしたセラフィーナ付きの小姓《こしょう》で、侍女《じじょ》である母親とともに世話をしてくれている。

実はルーファスたちと同じ夫候補のひとりで、幼い頃からの成長を見守ることで情が移り、ほだされるのではないか——という、大人のくだらないたくらみによってそばに置かれたことを、セラフィーナは知らない。

「わたしたちは、かよわきじょおうをお守りしたいのです！　ですから、でんかはただ、ありのままそこにいてくださるだけでよいのです！」

両手を握りしめ、たどたどしいながらも大きな声で宣言する姿は大変愛くるしい。セラフィーナの母性をぎゅんぎゅんに刺激してくれる。

しかし、六歳児にまでか弱いと言われるほど、自分は脆弱ではないはずだ。コリン相手に言い返すはずもなく黙っていると、エリオットが「そうそう」とうなずいた。

「僕たちは殿下に強さなんて求めていないんだよ。女王は黙って僕たちに守られていればいい」

「なんだかその言い方だと、弱ければ誰でもいいみたい。だったら、私より弱い王族の娘がいれば、その子が女王になるってことでしょう？」

自分だけが特別と言われたいわけではないが、エリオットの言い方はいちいち癪《しゃく》に障《さわ》る。

冷ややかな視線を向けると、彼は口をつけていたカップをおろし、肩をすくませた。

「殿下より弱い存在なんて、いるはずがない。自分の脆弱さをきちんと理解しているかい？　子供が遊ぶボールひとつ持ち上げられないんだよ？」

「あれはただのボールではありません。いざというとき、土嚢《どのう》として使える重量があります」

むっと口をとがらせながら主張すると、ふたりのやり取りを黙ってみていたルーファスがカップをソーサーに戻し、「殿下」と声をかけた。

セラフィーナが視線を向けると、彼は席を立って目の前で膝をつく。

「ただ弱ければいい――そう思っているのなら、きっと誰かが、我こそが女王にふさわしいと名乗りを上げたことでしょう。そうしないのは、殿下こそが次期女王であるとわかっているからです。これは、理屈では説明できない。そう感じるのです」

「ルーファス……」

目を見開いたセラフィーナは、不覚にも頰を熱くした。

神秘的な黄金の瞳を潤ませ、切々とあなたが大切だと言われて、ときめくなという方が無理だ。

しかし、浮ついた空気もすぐに砕《くだ》け散る。なぜなら、ルーファスがセラフィーナの手を取り、あろうことか頰ずりし始めたからだ。

ルーファスを振り払い、セラフィーナはコリンから受け取った濡れ布巾で手を清める。

やたらと触りたがるルーファスといい、いちいち人を小馬鹿にするエリオットといい、どうして癖《くせ》のある男ばかりが夫候補なのだろう。そもそも、セラフィーナには複数の男を侍《はべ》らす趣味などない。

絶対に自分よりも弱い娘を見つけ出し、女王を押しつけてしまおう。

決意を新たにしたものの、肝心《かんじん》の押しつける相手が見つからない。彼らの女王愛は知っていたが、まさか全員身を引くなんて……。

どうやら見通しが甘かったようだ。こうなったら、王族の娘たちを集めて片《かた》っ端《ぱし》から勝負を挑んでみようか。

などと、強硬手段を考え始めていたときだ。

「ご報告いたします！」

扉の向こうから、切羽詰《せっぱつ》まった騎士の声が届いた。

騎士が慌てるなんて珍しいと面食らうセラフィーナと違い、ルーファスとエリオットは纏《まと》う空気を張り詰め、互いに目配せをしてから入室を許した。

深碧《しんぺき》の騎士服を纏った男は、入室するなり膝を折って頭《こうべ》を垂れた。

「王女殿下の命《めい》により、次期女王候補の調査を行いましたところ、一名、立候補者が現れました」

騎士の報告を聞き、セラフィーナは喜びのあまり声も出せずに目を輝かせる。

歓喜に震える彼女の両隣では、ルーファスが怪訝《けげん》な表情で押し黙り、エリオットに至っては苛立《いらだ》ちを隠すことなく舌打ちした。

「……いったい、どこの誰が立候補したの？」

底冷えするような低い声で、エリオットが問いかける。かわいそうに。騎士はただ報告しているだけなのに、身を震わせ始めた。

見かねたルーファスが「エリオット」とたしなめたことで幾分か空気が軽くなり、やっと騎士は自らの役目をまっとうできるようになった。

「立候補されたのは、第一王子殿下の長女、アグネス様です」

アグネスといえば、たしかセラフィーナよりひとつ年上だったはず。情熱的な赤い髪がよく似合う迫力美人だ。

外見で人を判断してはいけないが、あまり弱そうには見えなかったけどな——と思っていると、隣のエリオットは合点《がてん》がいったらしい。「なるほどねぇ」と、鼻で笑った。

「いいんじゃない？　本人が女王候補だって名乗りを上げているんだ。それ相応の対応をしてあげようよ」

「エリオット⁉」

声を上げたのはルーファスだった。

「次期女王は殿下以外にありえない。公然の事実だというのに、女王を騙《かた》るなど許せることじゃない」

「別に、許すつもりも、ましてや認めるつもりもないよ。ただ、自分が女王だって言うんなら、きちんと証明してもらおうと思っただけ」

「証明してもらう？」

ルーファスの問いは、セラフィーナの心に浮かんだものだった。

証明するとは、いったいどういうことだろう。ルーファスにはわかるのだろうかと目線を送れば、彼も難しい顔で押し黙っている。どうやら彼にもわからないらしいと、エリオットへ向き直り——

「ひっ……」

セラフィーナは思わず、小さな悲鳴を漏《も》らした。

エリオットが、悪魔でも乗り移ったかのような意地悪い笑みを浮かべていた。

恐れおののくセラフィーナを、ルーファスが背中にかばう。それを見たエリオットが眉根《まゆね》を寄せた。

「あのさぁ、ふたりとも失礼じゃない？　誰もとって食べたりしないんだけど」

「す、すまん。ただ、あまりにもあくどい笑みだったから……」

ルーファスの背後で、セラフィーナがコクコクとうなずいた。エリオットは盛大に嘆息《たんそく》して頭を振る。

「とにかく、自称女王を城へ連れてきて、どれだけ女王にふさわしいのか証明してもらおう」

「しかし、どうやって証明するんだ？」

エリオットは「そんなの簡単だよ」と明るく笑う。

どうしてだろう。先ほどとは真逆のまぶしい笑顔のはずなのに、セラフィーナの背中がぞくぞくする。

防衛本能がここは逃げ出した方がいいと告げている気がして、いったいどこへ逃げろというのかと自問自答しているセラフィーナを、エリオットは無情にも指さした。

「ここに、正統な女王候補がいるじゃない。アグネスが本物だというのなら、殿下よりも脆弱《ぜいじゃく》ってことでしょう。だったらさぁ、最弱比べをしよう」

「最弱、比べ？」

そうつぶやいたのはルーファスか、それとも報告に来ていた騎士か。

部屋の空気が変わったのを敏感に察したセラフィーナは、あたりを窺《うかが》う。ルーファスと騎士、壁際で待機する侍女たちまで、驚きと期待の入り交じった表情を浮かべていた。

皆の視線にさらされるエリオットは、にやりと、意地の悪い笑みを浮かべた。

「どちらがより脆弱か、試してみるんだよ。そうだなぁ……徒競走や、ボール投げなんてどうだろう？」

「殿下が……徒競走？」

「ボール投げなんて……そもそも投げられるのかすら怪しいのでは……」

周りがぼそぼそと懸念《けねん》を口にするものの、部屋は摩訶《まか》不思議な興奮に包まれている。

「綱引き、なんてさせてみては？」

「幅跳びや高跳びなんかも、いいのではないか」

「でしたらいっそのこと、三段跳びなど、いかがでしょう」

三段跳びなんて、素人《しろうと》がやったところで不格好なだけだ。計測できるのかすら怪しいところである。

呆《あき》れるセラフィーナとは反対に、周りは「三段跳び……！」とざわついた。

「王女殿下の三段跳び……さぞかし不細工《ぶさいく》なものに……！」

「あぁ、片足で飛び上がれず転ぶ姿が目に浮かびます！」

「なんと脆弱な……！」

「さすがです、でんか！」

まだ跳んでもいないのに勝手に転んだと見なされるなんて、心外である。コリンにいたってはなにがさすがなのか問いただしたい。

「ちょっと、みんな！　不細工とか転ぶとか、人を馬鹿にするのはやめてよ！　私は脆弱ではありません。普通です！」

胸を張って言い切ると、周囲は生ぬるい目で見つめてくる。なんだろう。ものすっごく腹が立った。

「……よぉし、わかった。こうなったら、最弱比べでもなんでもやってやろうじゃない。私がそこまで弱くないってところを証明して、次期女王の座をそのアグネスに譲《ゆず》ってみせるわ！」

かくして、女王の座をかけた最弱比べが開催されることとなった。

女王立候補者が現れてから三日。

深く澄んだ青に縮れ雲が浮かぶ空の下、ハチミツ色の髪を瞳と同じ緑のリボンでまとめたセラフィーナは、仁王立《におうだ》ちしていた。曇天《どんてん》が多いルーベルで、青い空が望めるのは珍しい。

いつものドレスを脱ぎ捨て、生成《きな》りのシャツと膝下を絞《しぼ》ったニッカポッカズボン、アーガイル柄のソックスに革靴《かわぐつ》という出《い》で立《た》ちである。

場所は城の中庭。有事の際、騎士が集まれるよう、中央の噴水くらいしか建造物がない広場となっているそこは、いま現在、四方を人垣《ひとがき》が囲んでいる。セラフィーナが鍛錬《たんれん》をするときに集まってくる観衆の比ではない。城の使用人や騎士、役人に加え、なぜか最前列には絵師がキャンバスの準備をして並んでいた。いったいなにを描くつもりなのだろう。というか、わざわざ絵に描いてまで記録に残すようなことだろうか。

「それはもちろん、殿下がいかに脆弱かを記録するためだよ」

斜め後ろに控えるエリオットが疑問に答えたため、セラフィーナは声に出していたかと両手で口を覆《おお》う。それを見た彼は鼻で笑った。

「視線をたどっていけば殿下の考えていることなんてすぐにわかるよ」

「……いちいち私の思考を読まないでちょうだい。それよりも、空耳かしら。私の脆弱さを絵に残すと聞こえたのだけど」

「大丈夫、殿下の耳は正常だよ」と爽《さわ》やかに笑うエリオットの隣で、ルーファスが「三段跳びですからね。ぜひ記録しなくては」と真顔でうなずいている。

どうしてそれほどまでに三段跳びにこだわるのか。考えたところで疲れるだけだと、セラフィーナはため息をついて前へ向き直った。

少し距離を置いて立ちふさがるのは、肩の辺りで揺れる赤い髪をハーフアップにした少女。セラフィーナと同じニッカポッカズボンをはいて、ぱっちりとしたルビーの瞳でこちらを射貫《いぬ》くように見つめる彼女が、今日、最弱比べをするアグネスだ。

「ごきげんよう、殿下。このたびは、わたくしのためにこのような機会を作ってくださり、ありがとうございます」

アグネスはスカートの代わりにズボンの裾《すそ》をつかみ、恭《うやうや》しく頭を下げた。きつい印象を与えるが、実際は控えめな性格なのかもしれないと、丁寧《ていねい》な挨拶《あいさつ》に感心していたら、顔を上げたアグネスは不敵に笑った。

「ご安心ください、殿下。たとえわたくしが女王となっても、お父様にしたように殿下を他国へ追い出したりいたしませんわ」

これはつまり、父親が他国に飛ばされたことへの不満の表れだろうか。

セラフィーナの七人の兄は、皆他国へ派遣した騎士団を率《ひき》いている。別に政争を嫌って遠ざけたわけではなく、女王愛がすさまじい亜種《あしゅ》を他国で働かせるには、女王の血縁者という象徴が必要だっただけだ。純粋に、兄たちの指揮能力を買って、というのもある。

ちなみに、セラフィーナが生まれる頃にはすでにアグネスの父は他国に派遣されていた。つまりは父の処遇に関して、セラフィーナは無関係なのである。

どう返したものかとセラフィーナが迷っている間に、アグネスは頬《ほお》に両手をあて、恥じらうように顔をそらした。

「もちろん、殿下の夫候補を根こそぎ奪おうなどと考えておりません。わたくしがほしいのはただひとり、エリオット様だけですわ！」

「……つまりは、エリオットを手に入れるためだけに女王に立候補したってこと？」

剣呑《けんのん》な目つきで、セラフィーナは背後のエリオットを見る。彼は悪びれもせず肩をすくませた。

「僕は殿下の夫候補だから、あきらめてって言ったんだけどさぁ」

「ちょっと、やだそれ！　まるで私が人の恋路を邪魔しているみたいでしょう。私を理由にしないでちゃんと向き合いなさい！」

「向き合って断り続けても追いかけてくるからさぁ、仕方なく？」

「仕方なくで、他人を巻き込むんじゃありません！」

セラフィーナがたまらず声を強めると、エリオットは目を細めた。

「そんなこと言っていいの？　そのおかげで、アグネスが立候補したんでしょう」

痛いところをつかれて言葉に詰まるセラフィーナへ、エリオットは顔を近づけた。

「せいぜい、アグネスに負けないよう頑張るんだね。じゃないと、彼女に女王の座を押しつけられないよ？」

ささやくエリオットのあまりに暗い笑みに、セラフィーナは身体《からだ》をこわばらせる。すると、見つめ合うふたりの間に誰かの手が割り込み、エリオットの顔をつかんで後ろへ押しのけた。

「近い」

簡潔に文句を言って、ルーファスがセラフィーナを背にかばう。顔をわしづかまれた上につぶされたエリオットは、鼻を押さえてにらみつけた。

「なにをするんだ、ルーファス！　殿下はお前だけのものじゃないんだぞ」

「当然だ。もしも殿下が私のものだったら、突き放すだけで済むはずがない。剣でその首をかききっていた」

「どんだけ独占欲が強いんだよ！　これだから亜種返りは……」

亜種返りとは、いわゆる先祖返りのことである。ルーベル国の始祖《しそ》は亜種と人間の夫婦といわれており、現在のルーベル国民に純粋な亜種は存在しないが、まれに、亜種の血を濃く受け継いで生まれてくる者がいる。それが亜種返りだ。

亜種返りと言われる者は総じて身体能力が格段に高く、また、穏やかな性格で情に厚い。それでいて独占欲が強く、大切な者を害された場合、激昂《げっこう》して手がつけられなくなるという。もちろん、女王に対する忠誠心も人一倍強い。

「そんなのでさぁ、女王の夫が務まるの？」

「私は殿下の護衛だが、夫になるつもりはない。愛する人を他者と共有するなんて、絶対に不可能だからな」

セラフィーナは目を丸くした。

夫候補が自分に好意を抱いているなんて、自惚《うぬぼ》れた考えは持っていない。だがしかし、絶対の信頼を寄せるべき護衛に、将来の夫となる可能性があると思うと、どうしても心を許せずにいたのだ。

セラフィーナはやっと十六歳になろうという小娘である。自分を守ろうと伸ばされる手に、男女の情が混じっているかもしれないと、身の危険を感じても仕方がない。しかも四六時中一緒にいなくてはならず、気を張ってばかりで正直うんざりしていた。

とくにルーファスは、過剰《かじょう》なスキンシップを好むだけにどうしても警戒してしまう。しかし、彼の言葉が本当であるなら、女王に対する強い親愛ゆえに触れたがるだけだとなる。

つまり、護衛として全面的に信頼しても問題ない、ということだ。

いつも自分に尽くしてくれるルーファスとエリオットには申し訳ないが、やっと自分にもそんな相手ができたのかと、セラフィーナは密かに安堵《あんど》した。

「ちょっと、皆様？　わたくしを忘れないでくださいまし！」

ひとりのけ者状態だったアグネスが吠えた。

すっかり彼女のことを忘れていたセラフィーナは、大慌てでルーファスとエリオットを押しのける。

ルーファスの本心を知れたことは幸運だったが、かといってセラフィーナの考えは変わらない。なんとしてもアグネスに勝ち、女王の座を譲らなければ。

セラフィーナは護衛ふたりを残し、アグネスのもとまで歩く。腰に手を添えて待っていたアグネスは、大きく息を吸い込んだ。

「わたくしが負けますわ！」

見事な負け宣言に、周りの観衆が盛り上がる。対して、セラフィーナは力が抜けた。

最弱比べなのだから、負けた方が勝ちだ。わかっていても、すがすがしいまでの負け宣言に脱力してしまった。

セラフィーナの心中などつゆ知らず、今大会の司会進行役である宰相《さいしょう》――ジェロームがふたりのそばまでやってきた。弱冠《じゃっかん》三十代の若き宰相は、左手の中指で銀縁眼鏡《ぎんぶちめがね》のブリッジを持ち上げると、その手を高く掲《かか》げた。

「それでは、ただいまより最弱比べを開始します！　競っていただくのは四競技。まずは、徒競走です！」

途端、観衆の最前列で待機していた騎士たちが動いた。あらかじめ広場の端に描いておいたコースの両端に立つ。

「百メートルのタイムを競います。第一走者はアグネス様、お願いします」

指名されたアグネスは、眉根《まゆね》を寄せた。

「どうしてわたくしからなのですか？　第二走者を希望します！」

かわいらしくそっぽを向く彼女に、エリオットが口を開いた。

「当然でしょう。殿下が先に走ってわざとそれより遅く走られては困るからね」

振り返ったアグネスは、目をすがめて低い声で言った。

「……殿下がわざと私より遅く走るかもしれませんわ」

「それはないね。殿下はなにもしなくても遅いから」

迷いなく言い切られ、セラフィーナは「ちょっと！」と口を挟んだものの、にらみあうふたりには聞こえていない。

「君は挑戦者なんだ。殿下よりも弱いというのなら、順番なんて問題ないはずだよ」

エリオットの指摘に反論できず、アグネスは歯を食いしばる。

おかしい。アグネスはエリオットのことを好きなはずなのに、にらみあうふたりからは殺伐《さつばつ》とした空気しか感じない。もしやエリオットに対する嫌がらせが真の目的なのだろうか。それとも、これがアグネスの愛情表現？

理解できない。そもそも、ひねくれ者のエリオットのどこがいいのかすらわからない。

セラフィーナが首をひねっている間に、アグネスとエリオットの話が済んだらしい。赤い髪をなびかせながらスタート地点へと歩いて行った。

スタート地点には、小さな赤い旗を持った騎士が待機している。アグネスが白線の前に立つなり、騎士は旗を空へ掲げた。

「位置について」

騎士の声に合わせ、アグネスは両足を軽く開いてわずかに身をかがめる。

「よーい…………スタート！」

かけ声とともに、騎士が旗を振り下ろす。瞬間、アグネスが駆けだした。令嬢らしい、楚々《そそ》とした走りでコースを駆け抜ける。ゴールテープを切ったところで、待機していた騎士が告げた。

「ただいまの記録は、九秒三です！」

「九秒三!?」と、観衆がどよめく。

「たかだか百メートルに九秒もかかるのか!?」

「なんと遅い……」

ちなみに、ルーベル国民の百メートル平均記録は七秒台である。男性にいたっては、六秒前半だ。

見事な鈍足《どんそく》を見せつけたアグネスは、乱れた髪を手ぐしで直しつつ勝ち誇った笑みを浮かべた。

スタート地点からその様子を見ていたセラフィーナは、予想以上の鈍足に、次期女王の座を明け渡せるかもしれない、と胸躍らせた。

「第二走者、王女殿下、お願いいたします！」

声をかけられたセラフィーナは、突然つま先で小さな穴をふたつ掘り始めた。赤い旗を持つ騎士は怪訝《けげん》な表情を浮かべながらも、「位置について」と旗を空へ掲げる。満足いく大きさの穴を空けたセラフィーナは、ふたつの穴それぞれに左右のつま先を押し込んで膝をつき、両手をスタートラインに添えて四《よ》つん這《ば》いになった。

見たこともない特異な構えに、観衆は戸惑う。普通、徒競走は立った状態から走り出すものだ。セラフィーナのように膝や手を地面についたりはしない。

この独特な構えは、日々の鍛錬《たんれん》の中で、立った状態より座った状態からの方が走り出しやすいと気づいたセラフィーナが独自に編みだしたものだった。

徒競走で大事なのは、いかに加速時間を短縮するかである。スタート方法を変えるだけで、〇・五秒は記録を短縮できるだろう。

「よーい……」

観衆のざわめきが消える。

「スタート！」

赤い旗がはためき、セラフィーナは走り出した。

狙い通りなめらかに加速し、さらに走る姿勢も意識する。ついつい気が急《せ》いて前傾になりそうな上半身をまっすぐに保ち、振り上げた足は身体の真下へおろす。足を動かすというより、手を振ることを意識して、ゴールだけを見つめて走る。

観衆の声援なんて聞こえない。足が地面を蹴《け》る音と、自分の呼吸音ばかりが耳に届く。頬を通り過ぎる風を感じながら、セラフィーナはゴールテープを切った。

息を乱しながら振り向けば、記録を計っていた騎士は驚愕《きょうがく》の表情を浮かべ、言った。

「ただいまの記録…………十一秒九です！」

「十一秒!?」

アグネスよりも二秒以上遅い記録に、セラフィーナは驚き、声を上げた。観衆も予想外の記録に目をむいている。

「そんな……十一秒なんて、聞いたこともない！」

「信じられない。十秒を切ることもできないのか!?」

「もうあと少しで十二秒じゃないか。幼子と変わらないぞ」

「十一秒……なんという鈍足……これぞ女王！」

驚きざわめく中、一部は感動の涙を流していた。

「嘘……あんなにゆっくり走ったのに、もっと遅いだなんて……」

アグネスは小さくつぶやき、親指の爪を噛《か》む。

彼女の声など聞こえていないセラフィーナは、自分の鈍足っぷりに打ちのめされていた。

あれだけ日々練習していたのに。わざわざ走り出し方まで研究したというのに。それでも幼子といい勝負らしい。どれだけ脆弱《ぜいじゃく》なんだ。

落ち込むセラフィーナに、エリオットとルーファスが声をかける。

「ほらほら、他にも種目は残っているんだよ」

「まだまだこれからです、殿下。元気を出してください」

彼らの言うとおり、徒競走は第一種目にすぎない。これから様々な競技があるのだから、他で挽回《ばんかい》すればいい。

気を持ち直して、セラフィーナは次なる種目へ向かった。

「第二種目、ボール投げ！」

司会進行役であるジェロームの声に反応し、また騎士たちが動きだした。あらかじめ書いておいた扇形《おうぎがた》の計測場に案内されると、例の土嚢《どのう》にもなるボールが用意してあった。

これはやばい――セラフィーナは思った。少し持ち上げるだけで精一杯のボールを投げるなんて、できる気がしない。

しかし、ここでできなければ自分が最弱になってしまう。それだけは避けたい。なんとしても避けたい。

グルグルと考え込んでいる間に、アグネスがボール投げに挑戦する。

あのボールを軽々と持ち上げられたらと不安だったが、彼女もセラフィーナに負けず劣らず苦戦しているようだった。それでもなんとか肩の位置まで持ち上げると、「えいっ」というかわいいかけ声とともに押し出すようにボールを投げる。

アグネスの手を離れたボールは、弧を描くこともなくすぐに地面に落ちた。

「ただいまの記録、四十センチです」

たちまち、歓声が上がる。

脆弱さを讃《たた》えられ、アグネスは肩に掛かる髪を払いながら計測場から離れる。入れ替わるように立ったセラフィーナは、足下のボールを見下ろしてつばを嚥下《えんげ》した。

アグネスの記録は四十センチ。投げるというより、持ち上げて落としたといった方がいい状態だった。ならば、セラフィーナが少しでも投げることができれば、すなわち彼女の勝ちだ。

覚悟を決めて、セラフィーナはボールの下に両手を滑り込ませる。息を止めて腕に力をこめて持ち上げ、さらに腰を低く落として胸に抱え込む。そのまま身体のふちを転がすようにボールを持ち上げていき、なんとか肩まで持ってきた。

あとは右手の平にのせ、腕を伸ばす勢いで宙に放り投げればいい。

セラフィーナは左足を踏み出し、ボールを右手の平にのせて振りかぶ――ろうとしたがボールの重さに耐えきれず、そのまま後ろへ倒れ込んだ。

まさかの結果に観衆は言葉を失い、静けさの中、騎士だけが自分たちの仕事をまっとうした。

「……ただいまの記録、マイナス一・七メートルです」

「マイナス――――!?」

観衆の悲鳴がこだました。

「マイナスって、ありなの!?」

「そんなまさか……投げることすらできないなんて！」

「なんて不細工《ぶさいく》な転び方なの。しかもまだ起き上がれていないわ」

仰向《あおむ》けに転んだまま、セラフィーナにとってはまったくうれしくない賞賛を聞く。さっさと起き上がりたいと思うものの、気力も体力も残っていない。あんなに必死になって持ち上げたというのに、投げることすら敵《かな》わなかったという事実に打ちのめされていた。

「なんんという脆弱さ……さすが次期女王！」

感動のあまり震える声が響く。泣きたいのはこちらの方だった。

セラフィーナの状態を正しく把握《はあく》しているルーファスが、駆けよって抱きあげてくれる。彼の首にしがみつく力すら残っておらず、胸に頬《ほお》を寄せるしかできなかった。

「殿下、大丈夫ですか？　もう最弱比べは終わりにして、部屋に戻りましょうか」

「ダメよ！　それだけはダメ。私は最後まで戦うの」

そして最弱の称号をアグネスに譲《ゆず》るのだ。

なんとか己を立て直し、セラフィーナはルーファスの腕から自由になる。案内されるまま、次なる種目へと向かった。

第三競技は、綱引《つなひ》きだった。セラフィーナとアグネスが引っ張り合うのかと思えば、向こうがあらかじめ用意した相手と競うらしい。

騎士の案内で人垣《ひとがき》を割ってやってきたのは――

「でんか、おつかれさまです！」

コリンだった。

「ちょっと運営！　なにを考えているの!?　コリンはまだ六歳の子供なのよ、私たちが負けるはずがないでしょう！」

たまらず、セラフィーナは吠えた。

コリンとセラフィーナは十歳も年が離れている。幼児と言っても差し支えないような年齢のコリンを対戦相手に持ってくるなんて、怪我《けが》でも負わせたらどうするのだ。幼子をいじめて喜ぶ趣味はない。というか、コリンを対戦相手に決めた運営は、セラフィーナたちをバカにしすぎている。

「殿下」

憤慨《ふんがい》するセラフィーナの肩を、背後からエリオットがたたく。肩越しに顔をのぞかせた彼は、耳元でささやいた。

「忘れていない？　殿下は、十歳児がおもちゃにしているボールを、投げることすらできなかったんだよ？」

ぴきっと、セラフィーナの身体《からだ》がこわばった。

「運営側もね、これっぽっちもふざけていないんだよ。ただ、普段の殿下の脆弱っぷりを見ているとね、下手《へた》な相手をあてられないいんだ。だから僕やルーファスとさんざん相談してね、殿下の力量に見合った相手を選んだってわけ。だから、さ――おとなしく綱引きしなさい」

最後の一言は、凍えるほどに冷たい声だった。よっぽど人選に苦労したのだろう。

セラフィーナは小刻みに身を震わせながら「いろいろとお手数をおかけしてすみません。頑張ります」と答え、余計なことを言う口を閉ざした。

これまでと同じく、アグネスが最初に競技を行う。幼児の手でも握れる少し細めの綱の端と端を、アグネスとコリンがつかんで腰を下ろしていた。

縄の中央に巻いた赤いリボンを踏みつけた審判が、ふたりの準備が整ったのを確認し、足をどける。

「はじめ！」

合図と同時に、地面に横たわっていた綱が浮きあがってぴんと張った。

アグネスの圧勝だろうと思われていた勝負は、予想を裏切って拮抗《きっこう》した。アグネスもコリンも険しい表情を浮かべ、腕を震わせながら縄を引っ張っている。

右に左にと揺らいでいた赤いリボンが、次第にアグネスへと引き寄せられ始めた。あらかじめ地面に書いてあった印まで移動したところで、審判が旗を揚げて終了となった。

「勝者、アグネス様！　記録は一分二十三秒です！」

歓声が上がったのは、コリンの健闘を讃えてではなく、六歳児相手に手こずったアグネスへ向けてのものである。セラフィーナにはバカにされているとしか思えないのに、どうしてアグネスはご満悦《まんえつ》なのだろう。わからない。

間を置かず、すぐさまセラフィーナの対戦が始まった。所定の位置に座りながら、コリンを休ませなくてもいいのだろうかと思う。

そして気づいた。いまの状況が、自分にとってとても有利である、と。

コリンは連戦だ。しかも、アグネスとは拮抗した戦いをみせた。つまり、彼の腕はいま疲れているはず。

公平を期するなら、コリンを休ませるべきだろう。

しかし、セラフィーナはこの好機を逃すつもりはなかった。なぜなら、すでに四競技中二競技で負けている。あとひとつ負けたらセラフィーナが名実ともに最弱となり、女王決定である。

母親のように、日夜（自主規制《ピー》）たくなどない！

大人げないと言われようとも、この勝負、必ず勝つ！

決意とともに、セラフィーナは綱をつかんだ。

リボンを踏む審判がふたりの様子を確認し、足を上げる。

「はじめ！」

合図と同時に、セラフィーナは腰を上げ――

「あ～～～～れ～～～～～」

そのまま、引きずられた。

あまりの手ごたえのなさにコリンはたたらを踏み、観衆も言葉を失った。審判さえもが呆然《ぼうぜん》としてしまい、判定の印の上をとっくの前に赤いリボンが通過したというのに、微動だにしなかった。

ずるずると引きずられ続けたセラフィーナが停まったのは、奇《く》しくも、判定の印の上だった。

綱にしがみついたまま、うつぶせに倒れるセラフィーナの後頭部を見て、審判は旗を掲《かか》げる。

「しょ、勝者、コリン！」

瞬間、観衆が叫んだ。

「六歳児に負けるだって!?」

「勝負にすらなっていなかったじゃないか」

「六歳児にすら劣る筋力……素晴らしい脆弱さだ！」

地面に倒れ伏したまま、セラフィーナは観衆のざわめきを聞く。その心中は、真っ白だった。

終わった……終わってしまった。

まさかコリンにすら勝てないなんて。いままで年の離れた弟のように思っていたけれど、こんな失態を演じたあとでは、もうお姉さんぶるなんてできない。

「殿下、気を確かに」

落ち込むセラフィーナを、ルーファスが助け起こした。服についた汚れを払い落としてもらいながら、思い知る。

本当に、自分が最弱だったのだ、と。

精一杯頑張ったのに、特訓までしたというのに――惨敗《ざんぱい》である。ボール投げと綱引きに関しては、勝負にすらならなかった。

「殿下は力を出し切りました。それでいいじゃありませんか」

そう言って、ルーファスはセラフィーナの両手を握った。顔を上げれば、夕日に輝く麦穂のような瞳とかち合う。温かなまなざしは、セラフィーナの沈んだ心を癒《いや》した。

ルーファスの言うとおりだ。自分は、やれるだけのことをやった。結果は最弱だったけれど、女王になるしかないとわかっただけ意味がある。

セラフィーナがあきらめという名の覚悟を決めようかというそのとき、背後から「ちょっと待ったぁ！」という声がかかった。

振り向けば、肩を怒らせたアグネスが立っていた。

「納得できません。いくらなんでも脆弱すぎるでしょう！　手を抜いたとしか思えませんわ」

頭を振れば、赤い髪が炎のように揺らめく。目を血走らせていて、せっかくの美人が台無しだった。

納得できないと言われても、セラフィーナは一生懸命やっていた。どうやって信じてもらおうかと悩んでいると、エリオットが隣に立つ。

「君が納得できなくても、これが事実。うちの殿下は、信じられないくらい脆弱なの」

エリオットの宣言に、観衆たちがそろってうなずく。いつものセラフィーナなら脆弱ではなく普通だと反論するところだが、コリンにすら負けたいまではなにも言えなかった。ただ黙って耐え忍ぶしかない。

「君だって理解しているんでしょう？　だって、僕たち亜種《あしゅ》は本能で誰が女王なのかわかるんだから」

「え？」と、声を漏《も》らしたのはセラフィーナである。隣のエリオットを仰《あお》ぎ見れば、彼は肩をすくめた。

「あれ、言ってなかったっけ？　亜種はね、誰が女王なのかわかるんだよ。殿下が生まれたその瞬間から、僕たちはあなたが次期女王だと知っていた」

「知っていたって……どういうこと⁉　そんな話、聞いたこともない！」

「そりゃあ、殿下は女王自身だもの。誰が女王か感じることもなければ、その必要もないでしよう。分かるわけないよね。むしろそれこそが、女王の証《あかし》ともいえる」

セラフィーナは口をあんぐりと開けて固まる。エリオットは「さすが女王。本当になにも知らなかったんだね」と感心した。

「少し考えればわかると思うんだけどなぁ。いくら宰相《さいしょう》たちが有能だからって、十五年も女王を空位になんてできないよ。最初から、女王は存在していたんだ。対外的にお披露目していないってだけで、ね」

つまりは、セラフィーナは生まれたその瞬間から次期女王であり、母が死んだことで女王に即位していたのだ。この十五年間女王が空位だったのは、諸外国から幼いセラフィーナを隠し守るためであり、ルーベル国民としては一瞬たりとも女王が不在だった瞬間などなかった。

「……じゃあ、今回の最弱比べって、なんのために開催したの？」

「そんなの決まってるじゃん。殿下の最弱っぷりをみんなで愛《め》でるためだよ」

「そ、そんなぁ……」

とうとう、セラフィーナはその場にくずおれた。

セラフィーナが意気消沈する様子をしばらく眺めてから、エリオットはアグネスへと視線を向ける。

「もうこれで、僕のことはあきらめてくれるよね？」

首を傾《かし》げて問いかければ、目を見開いたアグネスが歯を食いしばってにらみつけた。

「私はあきらめないわ！　まだ最後の勝負が終わっておりませんもの！」

言いつのる彼女を、エリオットは目を細めて見つめる。

「ふぅん。だったら、お望み通り最後の競技といこうか」

暗い笑みとともに手を広げれば、騎士たちが真っ黒い犬を二匹連れてきた。犬たちは歯をむき出しにしてうなり、時折吠え声を上げながら、首輪をつかむ手を振り払おうと首を振り回していた。

落ち込みながらも、ふたりの会話はきちんと聞いていたセラフィーナは顔を上げる。

最後の競技だと言って、犬を二匹も連れてくるなんて、嫌な予感しかしない。

「ちょ……エリオ――」

「最後の競技は、猛犬との決闘だよ。せいぜい頑張ってね」

セラフィーナが問いかけるより早く、犬が放たれた。人に制御などできそうにない犬は、まるであらかじめ命じられていたかのように、それぞれセラフィーナとアグネスへ向けて駆けだした。

「ぐぁうっ！」

鋭く吠えて、一匹がアグネスへと牙をむいた。瞬く間に距離を詰め、噛《か》みつこうと大口を開ける。

「……く！」

アグネスはひらりと飛び上がると、犬の背後に回って首輪をつかんだ。先ほどまで見せていた脆弱さからは考えられない、見事な身のこなしだった。

一方のセラフィーナは、犬が解放されるなり悲鳴をあげて駆けだした。

「やだやだやだ……こんな、無理だって！　エリオットのおバカ——ぎゃっ」

背後に犬の気配を感じながら必死に走っていたが、つまずいて転んでしまう。急いで立ちあがろうとするも、焦りすぎてうまく身体が動かない。そうこうしている間に犬が追いついてきた。

「いやぁ————————！」

セラフィーナは悲鳴をあげて頭を腕でかばう。

駆ける犬は勢いそのままに、噛みつこうと飛びかかった。

「ぐわふっ！」

曇った悲鳴が聞こえたと同時に、セラフィーナの身体を温もりが包む。覚悟していた痛みも衝撃もなく、おそるおそる両手をおろして見れば、

「もう大丈夫ですよ、殿下。脅威《きょうい》は無力化しました」

片腕でセラフィーナを抱きしめる、ルーファスがいた。もう一方の手は、犬の口をわしづかんでいる。犬がどれだけ地面を蹴《け》ろうが、首を振ろうが、びくともしない。彼の言うとおり、無力化されていた。

ほっとした途端、セラフィーナの瞳に涙の膜《まく》が張った。しゃくりあげれば、大粒の滴《しずく》が頬《ほお》を伝う。

「も、もう……やだぁ。エリオットがひどい、ひどすぎるぅ～……」

自分が生まれついての女王だというのなら、最初からそう教えてくれればよかったのに。下手《へた》に希望を与えて最弱比べをさせたうえ、最後は猛犬をけしかけられるなんて、なんてひどい仕打ちだろう。

セラフィーナはルーファスの胸に顔をうずめ、おいおいと嘆《なげ》いた。騎士に犬を預けたルーファスが、その背中をあやすように撫《な》でる。

一方のエリオットは、アグネスの目の前に立った。彼女に首輪をつかまれた猛犬は、自由になろうともがいていたが、力でねじ伏せられていた。

「僕たちにとって、猛犬なんて子犬も同然だよね。対処できないのは、女王ぐらいだよ」

エリオットは首を傾げて微笑《ほほえ》む。猛犬を騎士に預けたアグネスは、ため息をついて頭を振った。

「わかりました。負けを認めます。最弱は、王女殿下ですわ」

素直に負けを認めたアグネスは、ルーファスに抱きしめられたままのセラフィーナのもとまで歩き、ひざまずいて頭《こうべ》を垂れた。

「我らがか弱き女王に、永遠の愛と忠誠を誓います」

突然の忠誠に驚き、セラフィーナの涙が止まる。どうすればいいのかわからずまごついていると、ルーファスが腕をほどいて前へと促し、また、エリオットもアグネスの背後から応えろと視線で言った。セラフィーナは仕方なく、彼女の前に立つ。

「あなたの忠誠に、私も愛と誠意をもって応えましょう」

忠誠に応える口上《こうじょう》を述べ、セラフィーナはアグネスの伏せた頭に手を触れさせる。途端、観衆からは割れんばかりの喝采《かっさい》がおこった。

セラフィーナがアグネスへと手を差し出すと、彼女はその手を取って立ちあがる。

「殿下――！　すてきですぅ！」

「アグネス様、お疲れ様でございましたー！」

ふたりの健闘をたたえる観衆へ、セラフィーナが手を振って応えていると、戻ってきたエリオットが耳打ちした。

「これでもう、女王になりたくないなんて言えないね」

エリオットはいつかのような意地の悪い笑みを浮かべている。もしや、こうなることを見越して最弱比べなどと言い出したのだろうか。

問いただそうかと思ったが、セラフィーナの脆弱さをたたえて喜ぶ観衆の顔を見ていたら、なんだか毒気を抜かれた。

本当に、ルーベル国民は物好きである。こんな六歳児にすら劣る身体能力しか持たない自分のことを、十五年間変わらず愛《め》で続けているのだから。

わざわざこんな、最弱比べなんて手の込んだことをやってまで女王の脆弱さを見たがるとは、どう考えても変態の域である。国民全部が変態だなんて、最低だ。最低だけど、セラフィーナにはどうしても彼らを憎めそうになかった。

脆弱だなんだとばかにされて腹は立つけれど、最後は仕方がないかと許してしまう。今回だって一緒だ。

セラフィーナは長い長い息とともに脱力すると、呆《あき》れの混じった、それでいてどこか晴れやかな笑みを浮かべ、言った。

「こんな女王愛の重たい国、私以外ではきっと、誰も受け止められないわ」

エリオットをちらりと見返せば、彼は目を丸くして驚いている。なんだかおもしろくて、セラフィーナは笑みを深めて前を見据えた。

「お母様のような立派な女王になれるかはわからないけれど、私は私なりの女王を目指すわ。みんな、私に力を貸してちょうだいね。頼りにしているから！」

セラフィーナが大きく手を振って宣言すると、応えるように歓声がさらに強まった。

どれだけ醜態《しゅうたい》をさらそうとも、皆は呆れるどころか喜ぶのだ。彼らの助けを借りて、国を導いていけばいい。ただ、夫を複数持つことだけは遠慮《えんりょ》したい。それは追い追い考えよう。

悔《くや》しかったのか、エリオットが頬を少し染めて唇を尖らせている。その隣で、アグネスが彼に見惚《みと》れていた。

掲《かか》げていない方の手を誰かにつかまれて振り向けば、ルーファスがいた。満ち足りた笑みを浮かべる彼は、セラフィーナの手を恭《うやうや》しく持ち上げ、自らの唇へと持って行く。

「殿下は必ず、素晴らしい女王となるでしょう。あなたに変わらぬ愛と忠誠を。あなたの騎士となれて、私は幸せです」

手の甲に、柔らかな感触が触れる。

途端、手の甲から全身へ電流が走った。みるみる頬が熱を持つ。さぞかし赤い顔をしていることだろう。

ついときめいてしまった自分が情けない。と同時に、仕方がないとも思う。ルーファスは女王の夫候補というだけあって美しい容姿をしている。しかも今は普段の凛々《りり》しい表情を甘くとろけさせているのだ。これでときめくなという方が無理だった。

いやいや、気をしっかり持て！　と、セラフィーナは慌てて頭を振った。

彼の愛は、女王愛なのだ。つまりは忠誠心。恋愛的な意味ではない。

セラフィーナは暴力的な色気をまき散らすルーファスから目をそらすと、深呼吸を繰り返して高鳴る鼓動を落ち着かせる。顔に集まった熱は徐々に引き始めたが、手の甲の熱は静まるどころかさらに強く――

「ん？」

いくらくちづけをされたといっても、こんなにも熱く感じるなんておかしくないか。

不審に思ったセラフィーナが改めてルーファスへと向き直ると、彼はセラフィーナの手の甲を凝視して固まっている。その顔が、輝いていた。

否《いな》、セラフィーナの手の甲が、光っていた。

「えぇっ、なにこれなにこれ!?」

声をあげたセラフィーナは、ルーファスから己の手をとり返してなにが起きているのか確認した。手の甲の中心が輝いている。よくよく目を凝《こ》らしてみると、なにかの模様が浮かび上がっていた。

「これは……ユリの、花？」

セラフィーナのつぶやきに応えるように光が徐々に収まり、手の甲に、凛《りん》と澄ました横顔を思わせるユリの花が二輪、刻まれていた。

「これは、王華《おうか》ですね」

「本当だ。とうとう王華が現れたんだね」

セラフィーナの背後に回ったルーファスとエリオットが、手の甲の花の正体を明かす。聞きなれない言葉にセラフィーナが眉《まゆ》を寄せていると、周りから歓声が上がった。

「王華だ……殿下の手に、王華が現れたぞ！」

「なんとめでたい！　これで、この国も安泰ですなぁ」

沸きだす周囲とは裏腹に、セラフィーナの頭上にははてなマークが飛び交った。それに、ルーファスとエリオットが気づく。

「王華とは、代々女王の身体《からだ》に現れる、女王の印です」

「女王の位を継ぐべき時に現れる、と言われているんだ。女王によって場所や花の種類が違う。先代女王はアジサイだったっけ」

エリオットがルーファスへと視線を向けると、彼はうなずいた。

「たしか、脇腹のあたりに現れたと聞いております。場所が場所ですので、絵姿などに描かれていないのです」

確かに、脇腹を露出する服装など思い浮かばない。セラフィーナはまじめな顔でうなずいた。

ふたりの説明によると、万が一女王が次代を産まずに命を落とした場合、王家に連なる女性の誰かに王華が顕現《けんげん》するという。王華を授かった女性は『暫定《ざんてい》』女王となり、彼女が産む子供の中に『真の』女王が現れるそうだ。

王華とは女王の証《あかし》であり、女王を繋《つな》ぐ道しるべでもある。まさに神が女王に与えたもうた聖なる印なのだ。

ルーベル国は女王への愛と忠誠が深すぎるため、宗教という概念《がいねん》がない。それゆえ、神様なんて言われてもにわかに信じがたいことだけれど、セラフィーナが女王になると覚悟した途端に王華が現れたことから、まったくのでたらめとは思えなかった。

セラフィーナは手の甲に刻まれた花に触れる。光とともに熱は引いて、指先に感じるのはすべらかな肌の感触だけ。けれどなぜだろう。心がホカホカと温かい。まるで春の日差しを浴びているようだ。

いままで、先代女王のひとり娘だから、脆弱《ぜいじゃく》だから次期女王に決まったのだと思った。けれど違うのだ。自分が女王であることは、もっと深いところで決められていたこと。まさに、運命そのもの。

「私が……女王でいいんだ」

無意識に零《こぼ》れ落ちた言葉に、すかさず「もちろんですよ」と返ってくる。顔を上げれば、自分を優しく見つめる皆の顔があった。

「我々の女王は、あなた以外にあり得ない」

胸に手をあてたルーファスが力強く断言すると、傍に立つエリオットが手を伸ばし、セラフィーナの額にデコピンをした。

「言ったじゃん。僕たちは本能でわかるんだ。君が生まれた瞬間から、僕たちは知っているんだよ。君が女王であると」

額を押さえて呆《ほう》けるセラフィーナに、エリオットはいたずらな笑みを浮かべる。その隣では、腰に両手をあてたアグネスがふんとふんぞり返った。

「わたくしが忠誠を誓ったのですよ？　女王であるに決まっているでしょう」

言い方はかわいくないが、彼女なりに励《はげ》ましているのだろう。素直じゃない態度に思わず和《なご》んでしまったセラフィーナは、「ありがとう」と柔らかな笑顔とともに礼を言った。

広場が暖かい空気に包まれたところで、司会進行役であるジェロームが声を張り上げた。

「それでは、王華が咲くという慶事《けいじ》を祝しまして、王女殿下に記念の三段跳びを披露していただきましょう」

「…………は？　え、三段跳び？」

唐突《とうとつ》すぎる話に、セラフィーナは面食らう。王華が咲いたことと三段跳び、まったくこれっぽっちも話が繋がらない。

戸惑うセラフィーナを置いて、しかし会場は盛り上がった。ルーファスやエリオット、さらにはアグネスにまで促されて歩いて行った先には、三段跳び用の計測場が用意されていた。

「ねぇ、どうして私が三段跳びをしなきゃ行けないの？　どう考えても必要ないわよね⁉」

背後の三人を振り返れば、彼らはそれはそれはいい笑顔で「必要です」と答えた。

「なんのために城中の者が集まったと思っているの？」

「なんてったって、殿下の三段跳びですからね！」

「さぞかし無様《ぶざま》な跳躍を見せてくれるのでしょう。楽しみにしております」

「だからどうしてそこまで三段跳びにこだわるのよ！　というかアグネス、無様とかもう悪口だから、褒《ほ》めてないから！」

「いいえ、最上級の褒め言葉ですわ」

「事実じゃん」

「無様に跳ぶ殿下の姿を、絵に残すのです！」

ルーファスの言葉を聞いて、慌てて視線を巡らせれば、いつの間にか絵師が辺りを取り囲んでいた。本気でセラフィーナの三段跳びを絵に残すつもりらしい。

「さぁ、殿下。あなたの勇姿を我々に見せてください！」

ジェロームの最後のだめ押しで、セラフィーナから拒否権が消え失せた。

ルーファスにエスコートされながら、重い足取りで所定の位置につく。誰も求めていないのに、観衆たちがテンポのいい拍手をたたき始め、セラフィーナは押し出されるように駆け始めた。

近づいてくる踏切板に合わせて飛び上がり、踏み切った足と同じ足で二回目の跳躍。そして、三度目の跳躍をしようともう一方の足で地面を蹴《け》り、飛び上が――ろうとしてバランスを崩し、砂場の手前に顔から着地した。

勢いそのまま海老《えび》反《ぞ》りになり、とても危険なでんぐり返しをして最後は仰向《あおむ》けに倒れた。

中庭が、静寂に包まれた。時が止まったかのように誰も動かない中、記録係の騎士たちが距離を測る。

「た、ただいまの記録は、十五メーターです！」

記録係の声を皮切りに、止まっていた時間が悲鳴とともに動き出す。

「顔！　顔からっ、顔から着地したぞ！」

「砂場にも届かないなんて、そんなことあるのか!?」

「なんて低いジャンプでしょう。あれでは家一軒すら飛び越えられないじゃない」

「地を這《は》うような低い跳躍に、締めは顔からの着地……最弱女王、万歳《ばんざい》！」

「なるほど最弱女王！」

「まさに、最弱女王だ！」

観衆が諸手《もろて》を挙げて歴代最弱女王の誕生を喜ぶ。

人々の歓喜の声を、セラフィーナは四角く切り取られた空を眺めながら聞いていた。そうでもしないとやってられない。

こうして、最弱比べという名の『王女殿下の脆弱さを愛《め》でる会』は終了したのだった。


興奮冷めやらぬ翌日、セラフィーナのもとに、新しい護衛が配属された。

「アグネスと申します。ふつつか者ですが、どうぞよろしくお願いいたします」

シンプルな侍女《じじょ》用ドレスのスカートの裾《すそ》をつまんで、アグネスが頭を下げる。

コリンがテーブルに並べてくれた朝食を口に運んでいたセラフィーナは、目をまん丸にして固まった。

「……え、アグネスが、新しい護衛？　だって、弱いんじゃあ……」

アグネスはルビーの瞳を細めてふんと鼻で笑った。

「あんなの、嘘に決まっているでしょう」

「もともと、アグネスは殿下の護衛に内定していたのです。どんな状況下でも殿下を守れるよう、女性の護衛も必要だろうという話になりまして」

ルーファスは驚きの事実をさらりと暴露しながら、セラフィーナの口元に残るソースを布巾でぬぐった。ちなみに、エリオットは今日視察を行う孤児院へ、段取りのために一足先に向かっており、この場にいない。

「ちょ、ちょっと待って！　じゃあ……どうして自分が女王だって名乗りをあげたの？」

「それはもちろん、エリオット様に頼まれたからですわ」

「……は？」

「殿下が自分よりも女王にふさわしい人がいるんじゃないかと不安がっていると聞きまして。自信を持ってもらうために、最弱比べを行うことにしたんです」

「じゃ、じゃあ、エリオットが好き云々《うんぬん》は？」

アグネスは頰《ほお》を染めて「あれは本当のことですわよ」とはにかむ。照れる美人は大変かわいらしく眼福《がんぷく》だったが、そのあと語られた事実はまったくかわいらしくなかった。

「もし万が一わたくしが最弱となったら、エリオット様を名実ともに手に入れることができますでしょう。それが無理でも、どうせ護衛としてエリオット様の傍にいられることは決まっていましたし、どちらに転んでも私に損はありませんでしたので。まぁ、猛犬をけしかけられるとは思いもしませんでしたけど」

セラフィーナは口をあんぐりと開け、カトラリーを持ったままの両手をテーブルの上に落とした。ルーファスがその手からカトラリーを抜き取る。

つまりは、すべてヤラセだったということだ。

女王になりたくないと駄々《だだ》をこねるセラフィーナを黙らせ、かつ、自分たちがセラフィーナの脆弱さを堪能《たんのう》するためだけに開かれた、最弱比べ。

「おしょくじがおわりましたか、でんか。でしたらぜひ、こちらをごらんください！」

カトラリーを手放したセラフィーナを見て、朝食が終了したと勘違いしたコリンが、なにやら紙の束を差し出してきた。

黄ばんだ紙に細かい字がずらりと並んだそれは、最近、他国の傭兵《ようへい》任務から帰ってきた騎士が、任務先で知った印刷技術というものを再現し、不定期ながら発行するようになった読み物——新聞だった。

「でんかの記事はいつもけいさいされているのですが、今日の記事は、すばらしい出来です！」

自分の記事が毎回掲載されているなんて聞いていないぞ、とセラフィーナは思ったが、頬を淡く染めて目を輝かせるコリンが非常にかわいかったので、あえて口を挟まなかった。

　母性本能を刺激されつつ、新聞を広げたセラフィーナは、息をのむ。

『セラフィーナ王女殿下の最弱比べ！』

『最弱女王、セラフィーナ様の勇姿』

『素晴らしき脆弱。セラフィーナ王女殿下の競技記録』

　馬鹿にしているのかと問いただしたくなる文言が躍り、競技の様子を描いた絵がいくつも掲載されている。その中でもひときわ大きく描かれているのは、三段跳びに失敗して、顔面から着地した瞬間だった。

　記事を読んでいたセラフィーナは身を震わせ、手に持つ新聞を握りつぶす。

「…………あんの、エリオットオオォ――――！」

　怒りとともに腹の底からわき上がった叫びは、残念ながら、視察の準備に忙しいエリオットの耳に届くことはなかった。

【第二章】

最弱王女の自覚

最弱比べからしばらく。三ヶ月後に近づいたセラフィーナの十六歳の誕生日と戴冠式《たいかんしき》の準備に国中が忙しくする中、その報せは届いた。

「……殿下に、婚約の打診《だしん》、だと……？」

地を這《は》うような声で、まるで口にするのも苦痛とばかりに途切れ途切れにつぶやいたのは、セラフィーナの右斜め後ろに控えていたルーファスである。

春を告げるバタフライケーキに手を伸ばしかけていたセラフィーナは、思わずその手を引っ込めて、首を傾《かし》げた。

おかしい。セラフィーナの婚約話のはずなのに、どうしてルーファスが怒るのだろう。

戸惑いつつもとりあえず彼を落ち着かせるべきかと背後へ視線を向ければ、セラフィーナの左斜め後ろに控えていたエリオットが「ふふっ」と笑った。

「殿下のそばには僕たちがいるっていうのに、夫になろうだなんて、どこのバカが言い出したのかな？」

にこやかな声なのに、セラフィーナの背筋に悪寒《おかん》が走った。決して振り返るまいと思いながら両腕を撫でさする。

「あら、殿下、顔色が優れませんわ。まさか季節の変わり目特有の激しい気温の変化で、体調を崩したとか言いませんわよね。なんという脆弱《ぜいじゃく》」

部屋の隅に待機していたアグネスが、どう好意的に受け取ってもけなしているとしか思えない台詞《せりふ》を吐きながら、ソファに座るセラフィーナの膝に柔らかなストールを掛けた。

ここ数日、彼女と四六時中一緒にいて気づいたことがある。

アグネスは言っていることとやっていることがイコールで繋《つな》がらない。セラフィーナを斜めに見下ろしながら辛辣《しんらつ》な言葉を投げつつ、かいがいしく世話をしてくれるのだ。どっちが本心なんだと常々思う。いや、どちらもなのか？

などと現実逃避していると、セラフィーナの向かいのソファに座っていた人物――ジェロームが大仰《おおぎょう》な咳払《せきばら》いをしながら中指で眼鏡《めがね》のブリッジを持ち上げた。

「今回、殿下に婚約を持ちかけてきたのは他国の王家。女王となられる殿下へ王族を夫に差し出すことで、自分たちに敵意なしと伝えているのです。つまりは人質ですね。よってこれは政治的駆け引き、外交です。感情論で無視するわけにはいきません」

憤慨《ふんがい》するルーファスやエリオットを正面から見据え、物怖《ものお》じすることなくきっぱりと言い切る。

三十代半ばという若さで宰相《さいしょう》を務めるジェロームは、貴族の生まれではないというのに、その聡明さと誰に対しても真正面から正論をぶつける愚直《ぐちょく》なまでの清廉《せいれん》さを買われ、あれよあれよという間にいち文官から宰相まで上り詰めた知の豪傑《ごうけつ》である。

実力的にふさわしいのは当然だが、彼の大抜擢《だいばってき》の裏にはセラフィーナが年上に対する憧れから恋をするのでは――という周囲の思惑も混ざっている。

そんなこと露《つゆ》も知らぬセラフィーナは、女王バカなルーファスやエリオットと違い、ジェロームは感情に走らず安心でき――

「まぁ、殿下の夫に自ら立候補するなんてなんと身の程知らずな、とは思いますけどね」

――なかった。

「女王の夫になるだけでなく、自分の子孫を次代の女王にして内側からじわじわ我が国を手に入れようとか考えてんでしょうね。あれ……なんだかいらいらしてきたな。ちょっと婚約打診の書状を持って来た騎士をボコって送り返してきます」

むしろルーファスたちよりひどかった！

ちょっと書類とってきます。みたいな口ぶりでなんと恐ろしいことを言うのか。ついさっきご本人がこれは外交問題だと言ったというのに。

ちなみに、ジェロームは文官だがルーベル国民であるため、ちょっとボコるだけで他国の騎士は遠い彼方《かなた》へ吹っ飛ぶことになるだろう。当然、わかって言っている。

自分の周りには過激思想しかいないのだろうかと震えていると、視線の先に、湯気の立つカップが差し出された。

「ミルクたっぷりのこうちゃです。ひえたからだがあたたまりますよ、でんか」

コリンが両手に捧げ持つカップは、アイボリーの液体で満たされていた。受け取ってひとくち含めば、ミルクの甘い香りが鼻を通り抜け、わずかな甘みとまろやかさが口いっぱいに広が

った。

ほうっと息を吐き、セラフィーナは知らずこわばっていた身体《からだ》をほどく。すると今度は、ケーキをひとつ載せた皿を差し出してくれた。

フルーツを混ぜたクリームでカップケーキをデコレーションしたバタフライケーキは、ひとかじりすると広がるオレンジの爽《さわ》やかな香りと、ケーキの素朴《そぼく》な甘みが心を和《なご》ませてくれた。

素晴らしい気遣いに礼を言えば、コリンはお日様のような笑顔を見せた。

なんとかわいらしい生き物だろう。物騒な人達に囲まれて疲弊《ひへい》していた心が癒《いや》される。

結婚するならコリンみたいな癒やし系がいいな。いや、実際にコリンと結婚したいと思っているわけではない。こんな小さな子を相手に懸想《けそう》なんてしたら変態だ。セラフィーナに幼児趣味はない。

ミルクティーをもうひとくち味わって、ようやっとセラフィーナは目の前の問題と向き合うことにした。

「みんな、落ち着いて。冗談でも物騒なことを言うものではありません」

たしなめると、「冗談ではないのですけどね」という声が聞こえた。無視した。

「とにかく、余計な軋轢《あつれき》は必要ありません。しかるべき対処をお願いします」

他に異論は認めない、とばかりにぴしゃりと言い切ると、ジェロームがため息をこぼした。

「誠に面倒ではありますが、外交上の都合で騎士をボコれないどころか、婚約の申し出を断ることすらできないのですよ」

「断れない？」

「受けろっていうの？」

背後から、地響きのように低く重い声が聞こえてきた。振り返れないなぁ、とセラフィーナは遠い目になる一方、彼らの視線を一身に受け止めるジェロームは頭を振った。

「正当な理由がないと断れない、と言っているんですよ」

「正当な理由……」と、ルーファスとエリオットは考え込む。

ルーベルの女王が夫を複数人持つのは他国にも知れ渡ったことであるため、すでに婚約者がいますと言ったところでふたりめの婚約者にいかがですかと言われて終わるだろう。

セラフィーナの好みではない。と断っても、じゃあ別の者を用立てします。とか言い出しそうだ。

他に良い言い訳はないだろうかと頭を悩ませていると、どこからか伸びてきた腕がセラフィーナの肩を抱き、「殿下……」と妙に甘ったるい声が聞こえてきた。不審に思って振り向けば、いつの間にか隣に腰掛けていたエリオットが目を潤ませながら上目遣いにのぞき込んだ。

「君は僕たちのほかにも婚約者を望むというの？」

「……は、え？　なにを言っているの、エリオット。私に男性を侍《はべ》らす趣味はありません」

むしろエリオットたち夫候補すらご遠慮《えんりょ》したい――というのが本音だが、いまそれを言うと面倒なことになりそうなので胸にとどめるだけにした。

なぜここで自分に話の矛先《ほこさき》が向くのだろう。疑問に思ってエリオットをにらみつければ、彼はずいっと、ただでさえ近い顔をさらに近づけた。

「殿下には、僕たちがいればいい……そうだよね？」

祈りを捧げたくなる神々《こうごう》しい美貌《びぼう》の尊顔《そんがん》を曇らせ、透き通る空を閉じ込めたような瞳を潤ませる。自分はなにも悪いことなどしていないはずなのに、セラフィーナの胸に罪悪感が込み上げた。

吐息を感じるほどの至近距離が、余計にセラフィーナを戸惑わせる。普段ならルーファスが割って入るはずなのに、どうして助けてくれないのか。そんなことを思っている間にも、エリオットは頬《ほお》に添えていた手をするりと動かし、セラフィーナの唇に親指を触れさせた。

「……～～っ、近すぎるのよ、バカ！」

こらえきれず叫び、距離をとろうと両手を思い切り伸ばす。最弱のセラフィーナがどれだけ力を入れたところで突き離すなど不可能なので、あごを掬《すく》い上げるように両手で押した。さすがのエリオットもなすすべなく後ろへ倒れ込んだ。

背中からソファに沈み込む彼を見下ろしてひとつ息を吐いてから、セラフィーナは背後のルーファスへと振り返った。どうして助けてくれなかったのか問いかけようとしていたところで、両手をつかまれる。

振り向いている最中だったというのに、両手を思い切り引っ張られ、前へのけぞるように後ろへ向きなおされる。突然の変化に目を白黒させていると、ルーファスの精巧な美貌が視界全体に広がった。

「殿下、どうか……私たち以外に必要ないと、言ってください」

「は、え、えええ？」

訳が分からず戸惑うセラフィーナへ、ルーファスまでもが顔をずずいと近づけてきた。つかんだ両手を胸元でいとおしそうに握りしめ、いつもは凛々《りり》しく吊り上がった眉《まゆ》を力なく下げ、憂《うれ》いを帯びた瞳で見つめてくる。その憂いを取り去ってあげなくては、とうっかり思ってしまいそうだった。

「私ひとりであなたを独占したいなどと、身の程知らずなことは申しません。ただ、いまはまだ、私の手の中にいてほしいのです」

ルーファスは視線を落とすと、握りしめるセラフィーナの両手にくちづけを落とした。指先にしっとりとしたぬくもりを感じるなり、全身が熱くなる。鏡を見なくてもわかる。自分はいま、真っ赤な顔をしていることだろう。

いったいこれは何事か。ルーファスがセラフィーナにべたべたと触れてくることはあれど、今回のような色気を全面に押しだしてくるなんてありえなかった。

こういうのは、エリオットの得手《えて》でしょう⁉

などと、訳の分からないことを問いただしたいと思いながら、実際はあわあわとうろたえることしかできない。

徐々に近づくふたりの距離に、セラフィーナはくらくらとめまいを覚えた。酸欠だろうか。なにも考えられない。いまなにか頼まれたら、ホイホイとうなずいてしまいそうだ。

「殿下、どうか……他国の婚約話など断って――」

「はい、そこまで～」

間延びした声とともに、眼前を埋め尽くしていたルーファスの顔が横へ飛んでいった。はっと我に返ったセラフィーナが見たのは、ジェロームによってソファの背もたれに顔を押しつけられているルーファスの姿だった。

「まったく、あなたたちふたりは……殿下に断らせようとするんじゃありません」

ルーファスの猛攻から解き放たれたセラフィーナは、瞬きを繰り返しながら「こ、断らせる？」と問いかけた。

「確かに、当人である殿下が他国から婚約者を迎えることを嫌がった、というのは正当な理由になりえるでしょう。ですが、外交においてそれは悪手《あくしゅ》です。使者である騎士をボコって返すより少しマシ、という程度です。却下《きゃっか》」

「えぇ～、いい手だと思ったんだけどなぁ」

「……無念だ」

ジェロームが却下するなり、エリオットとルーファスはさっさと定位置であるセラフィーナの背後へ帰った。その変わり身の早さが、先ほどまでの行動がすべて婚約を断らせるためだったと物語っている。

エリオットならまだしも、ルーファスまでこんなことをするなんて。純情をもてあそばれたように感じたセラフィーナは、男なんて信用してはならない、と心に深く刻んだ。

ふつふつとこみあげてくる怒りを必死に抑えている間にも、元凶《げんきょう》であるルーファスとエリオットは頭を悩ませている。もういっそのこと新しい婚約者を他国から引き入れてしまおうか、とセラフィーナが考え始めたところで、事の成り行きを黙って見守っていたアグネスが「そんなの簡単なことですわ」と言った。

全員の注目を浴びた彼女は、腰に手を当て、つんと顎《あご》をそらしながら言った。

「エリオット様とルーファス様は夫候補です。ですが、それ以前に、我々はなんのために殿下のそばに侍っているとお思いですの？」

「我々……」

ルーファスたちだけでなくセラフィーナも眉根を寄せたものの、すぐに「あ」と目を見開いた。

アグネスは挑発的な笑みを浮かべ、ゆっくりとうなずいた。

「そう。私たちは殿下の護衛。女王の夫の役目とはただ女王を愛し、尽くすだけでなく、いかなる危険からもその身を守りとおさねばならないのです」

「いかなる危険からも、守り通す、強さ……」と誰かがつぶやけば、すかさずアグネスが「その通り！」と言い放つ。

「女王の夫に、か弱き者など不要！　ずうずうしくも自ら殿下の夫に名乗りを上げるのであれば、それ相応の実力を持っているのか、確かめればよいのです！」

アグネスの気迫にあおられ、周りの男性陣が「そうだ！」と声を上げる。

「各国に書状を送りましょう。女王の夫となりたければそれに見合った強さを示すように、と」

ジェロームがそう提案すれば、

「いっそのこと、日時を決めて自称婚約者候補を集め、試験でもしてみたらいいんじゃないかな」

と、エリオットがほの暗い笑みを浮かべ、

「それはいい。夫候補である我々が直々に力量を測って差し上げよう」

などと、ルーファスまでもがやる気満々である。

三人の気迫を見たアグネスは、口元に手を添えて「ふふふっ」と不敵に笑った。

「身の程知らずどもに、女王の夫という地位がいかに重要な責務であるか、身をもって味わわせてやるのです！」

アグネスの高らかな宣言を受け、エリオットやルーファス、ジェロームだけでなく、部屋の隅に待機していた侍女《じじょ》や従者、騎士たちまでもが「うおぉっ！」という野太い雄叫《おたけ》びを上げた。

異様な興奮に包まれる中、ただひとり、セラフィーナだけが「え、なにこの空気……」と置いてきぼりをくらったのだった。

その後、優秀な宰相《さいしょう》であるジェロームは夫候補選考会の開催日時調整と会場の確保、さらに各国への書状の用意までこなし、『ちきちき☆セラフィーナ王女殿下の夫候補大選考会』が開催されることになった。

「ねぇ、まずこの大会名からして大いに文句を言いたいんだけど、とりあえず『ちきちき☆』って、なに？」

セラフィーナの至極《しごく》真っ当な問いに、ジェロームもまじめな表情で答える。

「ちきちきは、ちきちきです」

「……☆って、いるの？」

「必要です」

「…………………」

セラフィーナは、深く考えてはいけない、ということを学んだ。

大会当日は、あいにくの曇り空だった。とはいっても、もともとルーベルはからっと晴れることが少ない、曇天《どんてん》が目立つ国である。

やんごとなきご身分の方々を相手に選考会は行われるため、王城の前庭が会場となった。

生け垣《いけがき》の壁に四角く囲まれた、小隊が訓練を行える程度の広さを誇る芝生《しばふ》広場の最奥には、今回のためだけに舞台がしつらえてあった。

人の胸の高さほどの舞台には、幕板に施《ほどこ》されたバラの彫刻と、猫脚が優雅なテーブルセットが設置され、快晴の空を思わせる水色のドレスを纏《まと》ったセラフィーナが腰掛けている。午前ということで、テーブルの上にはクロテッドクリームとジャムを添えたスコーン、ショートブレッドやクッキーといった軽めのお菓子が並んでいた。

くつろぐセラフィーナの背後にはルーファスとエリオットが立ち、脇に控えるアグネスが菓子を小皿に盛り付け、斜め後ろに控えるコリンがワゴンに載せた銀製のポットを扱い、せっせと紅茶を淹《い》れていた。さらに舞台の前にはセラフィーナを守るように騎士が並び、その中央にはジェロームまで控えている。

セラフィーナへの愛と今大会への気合がほとばしるルーベルの面々に対し、他国からの志願者は、ひとり。

そう、たったひとりだけが広場の中央に立っていた。

「ねぇ、結構な数の婚約打診《だしん》があったんじゃないの？」

だからこそ、『ちきちき☆セラフィーナ王女殿下の夫候補大選考会』などというふざけた大会が開催されることになったのだ。

セラフィーナの当然の問いに、エリオットは「その通りなんだけど」と、首をひねる。

「大会を開催するから参加してねって書状を送ったら、辞退しちゃったんだ」

「ちなみに、どんな文言を送ったの？」

「殿下の夫候補に名乗りを上げるということは、それだけ腕に自信があるのでしょう。立候補者と手合わせできる日を楽しみにしております。なお、大会でのケガや命の危機について、こちらは一切責任を負いません。すべて自己責任でよろしくお願いします」

「命の自己責任とか言われて、立候補できるかぁ！」

セラフィーナの魂の叫びがさく裂した。

亜種《あしゅ》の血が混じるルーベル国民相手に手合わせするだけでも恐ろしいことだろうに、命の保証がないなんて、やる気満々だと言っているようなものである。

セラフィーナが呆《あき》れかえっていると、ルーファスが憮然《ぶぜん》とした顔で「当然です」と答えた。

「殿下の夫に、ただ他国の王族というだけで収まろうとする輩《やから》には、きちんと身の程をわきまえさせるべきです」

「僕たちとしても、これだけ脅《おど》しておけば全員辞退すると思っていたんだけどねぇ……」

不機嫌な顔のルーファスと、苦笑を浮かべるエリオットが視線を向けた先には、ただひとり立候補した婚約者候補がいた。

灰色がかった焦げ茶の髪に、金よりも赤味が強い、鼈甲《べっこう》のような瞳を持つ彼は、これから危険にさらされるかもしれないというのに、おびえるでも覚悟を決めるでもなく、悠然《ゆうぜん》とそこに立ってセラフィーナを見つめていた。

もしや招待状に分かりやすくこめられた牽制《けんせい》に気づいていないのだろうかとも思ったが、広場の隅、生け垣のそばで待つ彼のお付きのものであろう人たちが心配そうな顔をしていたので、この選考会に参加するということがいかに危険かは理解しているのだろう。

セラフィーナよりひとつふたつ年上くらいだろうか。まだ少しあどけなさの残る彼は、ルーファスやエリオットに劣るとも勝らない整った顔をしている。髪や瞳の色が似ているゆえか、どことなく、ルーファスに似たストイックさを感じた。

彼に気をとられている間に、アグネスが突然舞台から降りた。何事かと瞬きを繰り返していると、ルーファスがそっと耳打ちした。

「今回、候補者と戦う相手というのが、アグネスなのです」

「え、アグネスが？　男性相手に、大丈夫なの？」

護衛に選ばれるくらいなのだから、ある程度の強さは兼ね備えているのだろうが、セラフィーナがイメージするのは、やはり最弱比べのときのアグネスだ。侍女としての優秀さは日々目にしていても、護衛としての実力はお目にかかる機会がなかった。

「ふふふっ、ご安心ください、殿下」

たおやかに微笑《ほほえ》んだアグネスは、侍女服を飾る白いフリルエプロンの中に手を突っ込んだ。取り出したのは、コンパクトに丸められた、革製の鞭《むち》。まとめていた紐《ひも》をほどき、大きく振り回して地面に叩きつければ、高く張りのある音が広場中に響いた。

「身の程知らずは、このアグネスが華麗《かれい》に痛めつけて差し上げますわ」

宣言するその姿が様《さま》になりすぎて、セラフィーナはもはや言葉にならない。

「それでは、はじめ！」

呆然《ぼうぜん》としている間にも、今回も安定の司会進行役であるジェロームが声をあげ、アグネスの鞭が候補者へとしなった。風切り音を響かせながら、目にもとまらぬ速さで鞭が迫る。候補者に襲い掛かるだろう衝撃を想像し、セラフィーナは身を強張《こわば》らせた。

空間を震わせるような炸裂音《さくれつおん》が響いた。鞭の先端に舞ったのは鮮血ではなく、地面を覆《おお》っていた芝生の草。

一撃必殺ともいえるアグネスの攻撃を、候補者がいとも簡単にひらりと避けたのだ。空振《からぶ》りをして地面に突き刺さった鞭は、悔《くや》しいと言わんばかりに地面をえぐって粉砕《ふんさい》した。

鞭の細さからは想像もつかない大きさの地面の穴と、少し離れたところから響く「芝生があぁぁぁ！」という、おそらく庭師と思われる男性の悲痛な声から察するに、もしやアグネスはものすごく強いのか、と、セラフィーナは口元をひきつらせた。

美人ってなにをしても様になるのだな、などとのんきに構えている場合ではない。本気の本気で候補者を叩きのめそうとしている。セラフィーナの胸に、先ほどとは違う焦りが生まれた。

「まぁ、避けるなんてすごいではありませんか。では、これでどうかしら！」

声と同じだけ鋭い動きで鞭が飛ぶ。先ほどとは比べ物にならない速さであろうと、息つく暇もない連撃が繰り出されようとも、候補者はそのことごとくを避けてしまった。

舞台の上から観戦するセラフィーナは困惑した。候補者の予想外の奮闘は、アグネスが弱いから起こっているのか。それとも、あの美しい少年が実はとてつもなく強かったのか。

風切り音と炸裂音が派手に響くばかりで、セラフィーナの目には鞭の先端すら映らない。それほどまでに素早い攻撃を軽々と避けてしまうとは、つまりは見えないセラフィーナがおかしいのだろうか。どれだけ自分は脆弱《ぜいじゃく》なんだと密かに落ち込んでいると、アグネスの鞭が、候補者の手首に巻き付いた。

「ふふふっ、これでもう逃げられませんわ」

勝利を確信したアグネスが鞭を引っ張ったが、候補者は引きずられることなくこらえた。それどころか、もう一方の手で鞭をつかみ、自分へと引き寄せる。

「なっ!?」

他国の人間に力で負けるなど思いもしなかったアグネスは、前へ倒れ込みそうになってたたらを踏んだ。候補者はその隙《すき》を逃さず、一気に距離を詰めてアグネスの後ろへ回り込み、それによってたるんだ鞭を彼女の身体《からだ》に巻き付けた。

「俺の勝ち」

アグネスの耳元でそうささやくなり、背後から鞭を引っ張る。ぐるぐる巻きとなっているアグネスは後ろへ倒れ、尻餅《しりもち》をついた。

「それまで！」

ジェロームの終了の合図で、呆然《ぼうぜん》としていたアグネスがはっと我に返る。拘束《こうそく》されたまま器用に立ちあがると、ふんと気合いを入れて鞭を引きちぎった。

革でできているはずの鞭を引きちぎるなんて、とセラフィーナは目を丸くしたが、ルーファスやエリオットは驚かない。すぐ目の前で見せつけられたはずの候補者でさえ落ち着き払い、それどころか、怒り心頭で振り返ったアグネスに興味すら抱いておらず、生け垣の辺りで待機する自分のお付きの者たちのところへ戻ってしまった。

怒りのぶつけどころを失ったアグネスは、しばし候補者をにらみつけていたが、時間の無駄と判断したのだろう。セラフィーナのもとへと戻ってきた。舞台に登るなり、セラフィーナの足下に跪《ひざまず》く。

「申し訳ございません、殿下。虫をつぶしそびれました」

他国の王族を虫呼ばわりとは……と思わなくもなかったが、自分のために頑張ってくれた彼女を責めるわけにもいかず、セラフィーナは立ちあがってアグネスの髪を撫《な》でた。

「あなたはあなたのできることを精一杯やりました。自分を責める必要なんてないのよ」

セラフィーナにねぎらわれてもなお、納得できないのだろう。膝をついたまま苦い表情を浮かべるアグネスの肩に、エリオットが手を添えた。

「落ち込む必要なんてないよ。あいつはたぶん、トクベツだから」

「ということは……やはり、あの者は……」

跳ねるように立ちあがったアグネスが、エリオットへ詰め寄る。彼は肩をすくめてうなずいた。

「最初からおかしいと思っていたんだよね。あれだけ脅しつけたっていうのに立候補するんだもの。ただの無謀《むぼう》ではなかったってこと」

酷薄《こくはく》に笑うエリオットの視線は、いまだこちらに背を向ける候補者に釘付けとなっている。アグネスもその視線を追うように彼を見つめたところで、ふいに、ルーファスが舞台から降りた。

「次は、私が行こう」

セラフィーナは最初から最後まで選考会の段取りを教えてもらっていないため、ここでルーファスが動くことに驚いた。なんというか、ルーファスだけはなにがあろうと自分のそばにいる――そう思っていたから。

驚いたのは、セラフィーナだけではなかったらしい。司会進行役のジェロームが目を丸くしていたが、すぐに表情を引き締めた。

「では、第二戦を始めます。候補者、前へ！」

指示に従い、候補者が広場の中央へ歩き出す。待ち受けるルーファスは、武器を取り出すでもなく、リラックスした雰囲気《ふんいき》で言った。

「武器を持ってきているだろう。構えろ」

ルーファスが告げると、会場の隅で控えていたお付きの者が、大慌てで剣を持ってきた。ごてごてとした装飾のない無骨な剣は、普段から彼が剣を振るっていることを物語っていた。

受け取った剣を腰に巻く剣帯にさげた候補者は、なにも持たずにたたずむルーファスを見て、首を傾《かし》げた。

「あんたは、なにも持たないのか？」

「ハンデとして、私は武器を持たない」

「ふぅん」と、候補者は目を細めて剣を鞘《さや》から引き抜く。

「あんまり人を見くびっていると、さっきのお姉さんみたいに痛い目を見るよ。まぁ、ありがたくハンデはいただくけど」

剣を構える候補者へ、ルーファスは「言ってろ」と答えるだけで、構えもしない。余裕の態度にさすがの候補者も警戒したのか、しばし両者はにらみあう。

先に動き出したのは、候補者だった。

とん、と地面を蹴《け》ったかと思えば、ルーファスのすぐ目の前に迫っていた。あまりの素早さに、セラフィーナが「早っ！」と声を上げるも、エリオットやアグネス、ルーファスでさえも取り乱すことはない。

上段から振り下ろされる剣を、ルーファスはよけるでもなく受け止めた。そう、片手で受け止めてしまったのだ。刃をつかむ手から血が流れないのは、手のひらまで刃が到達していないから。

候補者は手のひらごと切りはらおうと力をこめるが、ルーファスの手の中にある切っ先は、ぴくりとも動かない。

「素早さは合格。だが、剣筋が甘い。きちんとした師がつかなかったのか。それとも、人の剣技とはこれほどまでに幼稚なものなのか？」

挑発するようにささやいて、ルーファスはつかんでいる剣を横へ放り投げた。剣に引っ張られて候補者も数歩足踏みをしたが、すぐに体勢を立て直して斬《き》りかかる。

今度は受け止めることなくよけると、候補者は刃を返して続けざまに斬りつけた。よけることに徹しているのか、ひらりひらりと剣をかわすルーファスの姿は、先ほどまでのアグネスと候補者のやり取りに似ていた。

「他国の人間ならまだしも、私相手に闇雲《やみくも》に振り回して当たるとでも？」

ずっとよけることに徹していたルーファスが、ここで蹴りを繰り出す。候補者が振り下ろしていた剣に命中し、鍛え上げられた金属でできているはずの刀身が、大きな音を立てて砕《くだ》けた。

驚きのあまり、候補者は振り下ろした格好のまま固まる。そのすきに残った柄を握る両手をルーファスが踏みつけ、候補者は膝をついた。

「確かに私は武器を持てと言った。だが、きちんと扱う技量がなければ、むしろ不利になるだけだろう」

顔を上げた候補者はずっと変わらなかった表情に怒りをにじませ、自分の両手を踏みつけるルーファスへ体当たりをした。ルーファスが距離をとってよければ、すかさず追撃を仕掛ける。

剣対素手の戦いは、いつしか体術戦に移行した。

気のせいだろうか、武器を失ったというのに、候補者の動きが少しよくなった気がする。相変わらずルーファスにかわされてばかりなのだが、ただよけられるだけだった状態から、受け止められるようになっている。

心なしか、ルーファスの表情も生き生きしているような――セラフィーナが首を傾げると、斜め後ろに控えるエリオットが舌打ちした。

「ルーファスめ。楽しんでるな」

どうやら、セラフィーナの勘違いではなかったらしい。テーブルの脇に控えるアグネスが、肩を落とした。

「仕方がありませんわ。あの方は身体を動かすことが大好きですもの。筋肉バカではないんですけどねぇ」

「そのうち指導とか始まっちゃうんじゃないかな」

エリオットの予想は、大当たりした。候補者が繰り出す攻撃をかわしながら、ルーファスが「脇が甘い！」や「腰が入っていない！」など、指導を始めたのだ。候補者も候補者でルーファスに食らいつくものだから、終わりが見えない。

「これは長引くよ。放っておいて、僕たちはお茶でも飲もうか」

「エリオット様、すぐにお菓子を用意いたしますわ」

ため息交じりにエリオットがぼやくと、アグネスがいそいそとテーブルの菓子を皿に盛り付ける。残念ながら椅子《いす》は一脚しかないので、彼は立った格好のままコリンが淹《い》れてくれたお茶を口にした。その気怠《けだる》げな姿さえ絵になった。

アグネスやコリンも一緒になって、四人でまったりお茶を楽しんでいると、やっとルーファスと候補者の戦いに終止符《しゅうしふ》が打たれる。ずっと防戦一方だったルーファスが、回し蹴りを放ったのだ。死角をついて鋭角に蹴り上げられた回し蹴りは候補者の横っ面《よこつら》に見事的中し、大きく吹っ飛ばした。

「ハウエル様！」

候補者のお付きの者が悲鳴を上げる。あの候補者は、ハウエルというらしい。

そういえば、セラフィーナは候補者の名前どころかどこの国のどんな立場の人かすら教えてもらっていなかった。ようするに、婚約を認めるつもりなんて、本当にまったく微塵《みじん》もなかったんだなと思い知って、セラフィーナは脱力した。

頭に一撃を食らい、意識が混濁《こんだく》しているのだろう。芝生《しばふ》に倒れた候補者――ハウエルは身を起こしたものの、立ち上がれないでいた。

「それまで！」

ジェロームが終了を告げると、お付きの者が倒れたままのハウエルへと走り出す。彼らが駆けつけるより早く、ルーファスがハウエルのそばに膝をついた。

「お前、同族だな」

確信を持った問いかけに、ハウエルだけでなく、駆けよっていたお付きの者さえもぎこちなく動きを止めた。それだけで十分な答えだった。

凍り付いたように動かない彼らに、エリオットが「思い出した」とわざとらしく手を打つ。

「君たちはニギール国の使者だよね。ニギールを治める女王が、ルーベルから派遣している騎士のひとりを気に入って囲い込もうとしたって話、聞いたことがあるよ」

アグネスが「まぁ」と目を丸くする。

「では、あの方はルーベルの騎士とニギール女王の間にできた子供、ということですか？」

「みたいだね。騎士は任期が終わるなりさっさと帰ってしまったらしいけど。子供がいるとは思わなかったな。本人は知っているの？」

「ご存じです」と震える声で答えたのは、お付きの者のひとりだ。彼はハウエルの隣に膝をつき、仰々《ぎょうぎょう》しく頭を下げた。

「任期を終えて帰ろうとするカラム様に、陛下は子供ができたからこのまま留まってほしいと伝えました。ですが、これ以上女王から離れたくないとおっしゃられて……帰国されました！」

「最低だな、カラム！」

思わずセラフィーナの口から批難がこぼれた。周りの騎士たちから「殿下ぁ⁉」と悲鳴が上がる。

「我が国から派遣される騎士たちの任期は五年。五年も陛下のそばから離れるのですよ⁉　教会に行ったところで陛下の使い古した寝間着《ねまき》をまつっているわけではないのですよ⁉」

ジェロームの爆弾発言にセラフィーナは「そんなものまつっていたの⁉」と叫んだ。

定期的に衣服が新しくなると気づいていたが、てっきり成長に合わせて新調してくれているのだと思っていた。まさか教会でまつられていたなんて！

「怒らないでよ、殿下。僕たち亜種《あしゅ》は、女王の存在を感じてやっと安心できる生き物なんだ。王都に暮らす者ならまだしも、地方では殿下の姿を見るなんて滅多《めった》にできないでしょう。だから、殿下が使っていたものをまつることで、その存在を近くに感じて精神の均衡を保つんだよ」

なだめるエリオットに、アグネスもうなずく。

「他国から持ち込んだ印刷技術で『今日の殿下』が発行されるようになったのも最近ですしねぇ。あぁ、でも、他国ではそれを手に入れることすら難しいのかしら」

「国内ならまだしも、国を出てしまえば女王の存在を感じることは困難になる。でも、騎士の派遣はこの国にとって大切な産業だ。彼らに耐えてもらうために、女王の血縁である王族が率《ひき》いるんだよ」

だからこそ、派遣期間は五年が限度なのだ。ルーベル国民の女王愛を身にしみてわかっているセラフィーナは、なるほどと納得——

「ちなみに、カラム様の別れの言葉は、『金や名誉よりも、俺は陛下の枕カバーがほしいんだ！』でした」

「やっぱりカラム最低！」

——できなかった。むしろ嫌悪感が倍増しした。

「出稼《でかせ》ぎを見事完遂《かんすい》した騎士には、ご褒美《ほうび》として陛下の身の回りの品が与えられます」

ご褒美に女王の私物がもらえるってどういうことだ。セラフィーナの年齢から考えるに、単純計算で三回は私物が配られたということになる。

「枕やシーツなどに人気が集中しますが、一番人気は転んでほつれたズボンです。ズボンがほつれるような転び方をしてしまう殿下の脆弱さにほっこりできます」

ジェロームが、知りたくもない情報をよこした。

「ルーベル国民は基本的に国から出たがらないんだけど、五年我慢できたら陛下の私物がもらえるってことで、志願者があとを絶たないんだよね—

「必死に我慢して五年を耐え抜いたというのに、留まれというのは無理な要望です」

ジェロームの言葉に、騎士たちが大いに同意した。

当然でしょうと言わんばかりの空気に、自分だけがおかしいのかとセラフィーナは他国の人間たちの顔を窺《うかが》う。皆、信じられないという顔をしていたので安心した。

「殿下」

亜種の性癖《せいへき》――ではなく、生態についての議論を黙って聞いていたルーファスが、口を開く。

視線を向ければ、いつの間にか彼は舞台の手前で跪《ひざまず》いていた。

「どうか、彼《か》の者を殿下のそばに置く許可をいただきたく」

「それって、そいつを殿下の夫候補にしろってこと？」

ルーファスの懇願《こんがん》に返事をしたのはエリオットだった。不愉快だとばかりに、きれいな顔をゆがめている。

「いくら亜種の血が混じっているとはいえ、他国の人間を女王の夫にするのはどうかと思うな」

「わかっている。だが、この者の地位を思えば、ただの一臣下として召し抱えるわけにはいかない」

「だったら、送り返せばいいじゃない」

エリオットの言葉に、ずっとうつむいていたハウエルがびくりと反応する。それをちらりと見たルーファスは、痛ましげな表情で「無理だ」と答えた。

「この者は、ニギール国民だが、同時に亜種でもある。亜種は、女王の愛なしでは生きられない」

ルーファスは立ち上がり、未だ顔を上げようとしないハウエルのもとまで歩く。すぐ目の前で膝をつくと、上着の内ポケットから数枚の紙切れを取り出し、うつむくハウエルの視線の先――地面に広げた。

それは、数枚の絵。

一歳になるかならないかの幼い女の子が、おぼつかない足取りで歩く絵。

八歳くらいまで成長した少女が、ずいぶんと背の高い教官と手と手を取り、ぎこちないダンスを行う絵。

そして最後は、少女と女性の狭間《はざま》まで成長した彼女が、小さい子供と綱引《つなひ》きをして無様《ぶざま》にも引きずられる絵。

言わずもがな、幼い頃からいままでのセラフィーナ成長記録だった
「ちょっと、ルーファス！　なんてものを持ち歩いているの!?」

たまらずセラフィーナが叫ぶと、エリオットが「え、それくらい僕も持ってるよ」と胸元から小冊子を取り出した。

「僕のはねぇ、三段跳びの顔からでんぐり返しの絵もそろっているんだ」

「あら、本当ですの？　あの絵は人気で、なかなか手に入らないのに」

「ふふっ、うらやましいでしょう。見てみる？」

「ちょっ……いやぁ――――！　こんな絵、持ち歩いたりしないで！」

アグネスと一緒にエリオットの小冊子をのぞき込んだセラフィーナは、悲鳴を上げた。顔からでんぐり返しの様子を何枚もの連続する絵で詳細に描いてある。どんな拷問《ごうもん》だ。

慌てて奪い取ろうとするが、エリオットが小冊子を高く掲《かか》げてしまった。あきらめきれないセラフィーナは、なんとか奪い取ろうと手を伸ばして飛び跳ねる。

セラフィーナとエリオットの攻防を、アグネスやジェロームをはじめとしたルーベル国の面々が愛《め》でている間に、ハウエルが地面に広がる絵を手に取った。彼の心の動揺《どうよう》を表すかのように、その手が大きく震えている。

「愛らしいだろう。それは殿下が初めて歩いたときの絵だ。そのあと殿下はバランスを崩されて転び、元気に泣きわめいたそうだ」

ルーファスの説明をきちんと聞いているようで、次なる一枚を手に取る。

「それはダンスの練習をしている絵だな。本来なら、年が近い練習相手を見繕《みつくろ》うのだが、大人相手に必死に手を伸ばして踊る殿下が愛らしくて、あえて教官自ら相手になっていたそうだ」

本人が知ったら怒り出しそうな事実を暴露した。

「それは、つい最近の出来事だな。殿下が自分は最弱ではないと言い出して、力比べをすることになったんだ。まさか六歳のコリン相手に、手も足も出ないとは誰も思わなかった」

「六歳の、子供相手に?」と、ついにハウエルは顔を上げた。信じられず困惑する彼と目を合わせ、ルーファスは「事実だ」と答える。

ルーファスの瞳よりも赤味が強い瞳を大きく揺らし、促されるまま、視線を壇上《だんじょう》へと向ける。

舞台の上では、セラフィーナがエリオットから小冊子を奪おうと躍起《やっき》になっていた。

たやすく折れそうな細い手足を伸ばし、飛び跳ねたところで地面から数センチしか浮かない。

ルーベル国民とは思えない脆弱《ぜいじゃく》な存在。

「そんなにこの本が欲しいなら、取っておいでよ」

意地の悪い笑みを浮かべたエリオットが、手に持つ小冊子をルーファスへ向けて放り投げる。

弧を描いて飛んでいく小冊子を目で追っていたセラフィーナは、自分が舞台の上に立っていることを忘れ、そのまま追いかけた。

一歩、二歩、三歩と進み、四歩目が空を踏み抜く。気づいたときにはセラフィーナは前へと倒れ込み、壇上から真っ逆さまに落ちた。

このまま顔面から芝生に落ちる――セラフィーナは目をぐっと閉じて衝撃を覚悟した。

しかし、予想していた衝撃には襲われず、代わりにセラフィーナを包み込んだのは、柔らかな温もり。おそるおそる目を開ければ、誰かに抱きしめられているようだった。

目の端にちらつく焦げ茶でルーファスかと思ったが、抱きしめられる肩越しに、彼が小冊子片手に立つ姿が見える。ということは、これは誰なのだろう。

不思議に思いつつ、その腕から抜け出してみると、腕の持ち主は、ハウエルだった。

鬼気迫るような表情をした彼は、セラフィーナと目が合うなり、「こん、の……バカ！」と怒鳴った。

「壇上に立っているのに足下も見ずに走るなんてなにを考えているんだ！　あれくらいの高さでも大けがするくらい脆弱なくせに、ちゃんと自覚して注意しろ！」

口調は厳しいが、言っていることは正論である。普段ルーファスたちに『さすが殿下、壇上から落ちるなんて素晴らしい脆弱さです』と嫌みにしか聞こえない褒《ほ》められ方ばかりしているセラフィーナとしては、彼の説教はとても新鮮で好感の持てるものだった。

「その、ごめんなさい。今度からは、きちんと気をつけます」

ぺこりと頭を下げてから、これで許してもらえるだろうかと上目遣いに窺ってみる。目を瞠《みは》ったまま彼がうんともすんとも言わないので首を傾《かし》げると、見開いた目に水の膜《まく》が張って、ぼろぼろと大粒の涙をこぼした。

「…………は、えええええええ!?　あ、あの、どうして泣き出しちゃったの？」

突然のことに慌てるセラフィーナを、エリオットが「あ〜あ、殿下が泣かしちゃった」とはやし立てる。さらに慌てふためくセラフィーナに、ルーファスが「殿下」と声をかけた。

「この者を、慰《なぐさ》めてあげてください。女王の愛を知らぬまま、今日まで必死に生き続けた者です。抱きしめて、頭を撫《な》でてあげてください」

ルーファスの指示に従って、泣いている彼を抱きしめる。そして、その頭を撫でた。

「よしよし、えっと、その、私はどこにも行かないから、泣かないで。今回みたいなことも、もうしないから」

たぶん。と心の中だけで付け足しておく。

しかし、どうやら心の声が聞こえていたらしく、腕の中から「嘘だ」という声が響いた。

「あんたは、絶対にこれからも同じようなことを繰り返す。だって、なんだよあの絵。転んだり、引きずられたりする絵ばかりじゃないか」

セラフィーナはなにも反論できなかった。それらすべてがついこの間行われたことだからだ。自分が異常なまでに鈍《どん》くさいとは思わないが、積極的にその瞬間を見たがる周りによって、そういう状況によく追い詰められているのだからどうしようもない。

返事に窮《きゅう》するセラフィーナを、ハウエルは抱きしめた。

「仕方がないから、俺があんたのそばにいるよ。転んだりしないよう、そばで見張っていてあげる」

宣言するなりセラフィーナの首もとに顔を埋め、深く呼吸をする。なんだかくすぐったくて身をよじっていたら、彼の肩を誰かがつかみ、引きはがした。

「なに勝手にそばにいるとか決めちゃってんの？　女王のそばにいられるのは、それ相応の覚悟を示した者だけなんだからね」

そう言ってセラフィーナを抱きしめたのはエリオットだった。しかし、すぐさまルーファスがエリオットの頭をつかんで引きはがす。

めまぐるしい変化に対応できず目を丸くするハウエルに、ルーファスが「おい」と声をかける。

「殿下のそばにいたいのなら覚悟を決めろ。お前は、どうしたい？」

目を見開いたハウエルは、ぐっと両手を握りこんで立ちあがる。それを、お付きの者が「ハウエル様！」と呼び止めた。

振り返った彼は、心配そうに見つめるお付きの者たちへ、言った。

「大丈夫だ。俺は、ニギール国の人間だから」

ほっとした表情を浮かべたお付きの者へ、「だけど」と言葉を続ける。

「俺は、亜種でもあるから。だからここに……女王のそばに残る」

セラフィーナの目の前に跪《ひざまず》いたハウエルは、頭《こうべ》を垂れた。

「俺は、ハウエル・メイスフィールド・オブ・ニギール。俺はニギール国民だけど、亜種でもあるから、亜種としての忠誠を、あんたに誓う。か弱き女王に、俺の愛と忠誠を誓おう」

「女王のそばに侍《はべ》りたいけど、ニギール国民として故国を裏切るつもりもないってことかな？ずいぶんと調子のいい――」

エリオットの反論を、セラフィーナは片手をあげることで押さえ込む。そして、ハウエルの灰色がかった焦げ茶の髪に手をのせた。

「あなたの忠誠に、私も愛と誠意をもって返しましょう」

顔を上げた彼へ、セラフィーナはそれはそれは神々《こうごう》しい笑みを浮かべ、うなずいた。

「とりあえず、カラムを引っ捕らえてあなたの目の前に連れてきて、土下座《どげざ》させますね。それから枕カバーを没収します」

「殿下ぁ――――！」という悲鳴が、広場にいる騎士から発せられた。

「殿下、殿下どうか、それだけはご勘弁を」

「五年間にもおよぶ苦行の褒美《ほうび》である枕カバーを取り上げるだなんて……なんと無情な！」

「お黙りなさい！　他国の女性をはらませておきながら、責任も取らずに国へ戻ってくるなど、男として最低です！」

いつにない強い口調に、広場はしんと静まりかえる。そこへ、「殿下、違います、誤解です」と、ハウエルが割って入った。

「女王である母上が、傭兵《ようへい》である父上に惚《ほ》れて関係を持つようになったんだ。ニギール国は男女関係なく長子があとを継ぐと決まっていて、君主は王配《おうはい》を何人でも持てるから、俺の兄弟は皆父親が違う」

「……と、言うことは、ハウエルのように父親を知らずに育った子供が他にもいると？」

「いや、他の父親は王配として城に残ってる」

「はいアウト！　アウトです！　つまりはカラムも王配としてニギール国へ残る選択肢《し》があったということでしょう。それを枕カバーのためだけに蹴《け》ったなんて、許されるはずがありません！」

「殿下、五年も我慢したカラムにニギール国へ留まれというのは、さすがに酷《こく》でございます。我々にとって女王がいかに大切な存在かご存じでしょう」

「ぼく、でんかに会えないなんて、さびしくてしんじゃいます」

ジェロームだけならまだしも、コリンにまで嘆願《たんがん》され、セラフィーナの心がぐらつく。

次期女王である自分には、彼らの気持ちが本当の意味で理解できないのだ。

迷っていると、アグネスが「でも、子供を作っておいて放置というのは……ねぇ？」と、つぶやき、広場に居合わせたすべての女性が深くうなずいた。

「女王のもとへ戻らずにはいられない気持ちは分かりますけど、だからといって子供を置いていくなんて……」

「恋をするのも、恋より女王をとるのも自由ですが、子供のことは別問題ですわ」

「女王愛は仕方なくても、子供は防ごうと思えば防げることですしねぇ」

ひそひそと、しかしながら容赦《ようしゃ》なく男性陣を責め立てる声がいくつも上がる。どうやら、女性陣は『子供を置いていった』ことにご立腹しているらしい。

「ハウエル、あなたは自分の父親のことをどう思っているの？」

当人の意思確認は大切だと問いかければ、ハウエルは「俺は……」と視線を落とした。

「正直に言うと、幼い頃は父上が嫌いだった。どうしてここにいないんだって、どうして俺や母上を捨てて国へ帰ったんだって思っていた。成長するにつれて心にぽっかり穴が空いたみたいに感じるのも、父親がいないからだってずっと思っていたんだ」

当時を思いだすだけでもつらいのか、ずっと顔をしかめて話していた彼は、両手を握りしめて「だけど」と顔を上げた。

「殿下に会って、理解したよ。俺の心にぽっかり空いていた穴は、父親を恋しがってのものじゃない。殿下、あんたという存在をずっと探し求めていたんだ」

思わぬ方向に話が動き、セラフィーナは「私？」と目を丸くした。

「あんたの成長記録を見たとき、心が震えた。舞台から落っこちそうになるあんたを見たとき、全身の血の気が失せて、気がついたら受け止めていた。そうしたら……満たされたんだよ」

ハウエルは上着の胸元を握りしめ、視線をさまよわせる。

「うまく説明できないんだけど、しっくりくるっていうか、すっぽり収まったというか……とにかく、国へ帰ったのも仕方がないことだったたってわかったから、もう、俺に不満はない」

セラフィーナを見つめて、ハウエルは宣言した。

憂《うれ》いなどかけらも見えないまっすぐな瞳を見つめ返して、セラフィーナはうなずく。

「よし、やっぱり枕カバーは没収しよう」

「なぜに!?」と、ハウエルを含めた男性陣が叫んだ。

「だって、ハウエルが亜種《あしゅ》の血を引いているから埋められない寂しさを今日まで抱えていたってことでしょう？　だったら、同族であるカラムにはそれが予想できたはずよ。どうしてハウエルをルーベルへ連れてこなかったの？」

「それは……俺、これでも一応王子だから」

「だとしても、ニギール女王に説明くらいはするべきだったと思うの。百歩譲《ゆず》って帰国したことは仕方がないとして、だったらハウエルが生まれた頃にニギールをもう一度訪れればいいだけの話でしょう」

結局カラムは責任を放棄したのだ。父親としてだけでなく、亜種としての責任さえも。

「枕カバー没収がかわいそうだというなら、五年間他国へ赴任《ふにん》するというのはどうかしら。そうね、この国から一番遠い赴任先がいいわ」

精一杯の妥協案《だきょうあん》を提示したというのに、いまだ騎士たちから擁護《ようご》する声が上がってくる。

いい加減うっとうしく感じたセラフィーナが虫を払うように手を振れば、すかさずアグネスが鞭《むち》で芝生《しばふ》をえぐった。全身を震わせる炸裂音が、まるで王の御出ましを告げるラッパのように響き、この場にいる誰もが口を閉ざす。

しんと静まり返る場内で全員の注目を一身に浴びるセラフィーナは、両腕を胸の前で組み、片手を顎《あご》に添えて首を傾げる。緊張の面持《おもも》ちで黙りこくる騎士たちを斜めに見下ろしながら、にっこりと、たおやかに笑った。

「私ね、こう見えてすごく怒っているのよ。傭兵として派遣された先で恋愛するなとは言わない。けれど、無責任な行動は許せないわ」

「殿下のおっしゃるとおりですわ。理解して自重できないというのであれば、もいでしまえばよいのです」

セラフィーナの怒りの言葉に、アグネスが続く。広場にいる女性たちが口々に「その通りです」と同意するのを聞いて、広場にいるすべての男性が、思わず、急所を両手でかばったのだった。


そうして、『ちきちき☆セラフィーナ王女殿下の夫候補大選考会』は、女性陣の冷ややかで静かな怒りの渦巻《うずま》く中、ニギール国の第二王子であるハウエルが夫候補兼護衛に選ばれて閉幕した。

問題のカラムはその日のうちに拘束《こうそく》した。セラフィーナ自ら、女性を妊娠《にんしん》させておきながら逃げるということがいかに無責任で最低な行為であるかをこんこんと説明し、最後に「妊娠させておいて責任も取らないなんて軽蔑《けいべつ》します」とトドメをさした。

心がぽっきり折れたカラムは号泣しながら床に額《ぬか》ずき、ハウエルに謝罪した。中年の男が恥《はじ》も外聞も捨てて泣き崩れる姿は、男性陣の教訓となったとかならないとか。

ちなみに、カラムは五年間傭兵として派遣されることとなり、ぐずぐずと鼻をすすりながら、先代女王の枕カバーを握りしめて赴任先へ向かった。

特例での派遣のため、カラムはたったひとりで旅立った。馬にまたがるその背に哀愁《あいしゅう》を漂わせながら、城門へと進んでいく様子を、ハウエルが見送っている。

その瞬間だけを見れば感動的に思うのかも知れない。だが、城の窓からこっそり様子をうかがっていたセラフィーナには、事情を知っているだけにため息しか出てこない。

「願わくば、赴任先で無責任に新たな子供をこさえませんように」

愛し合った末に子供ができたなら喜ばしいことなのだ。けれども、ハウエルがおかれた状況は、二度と作ってはならない。

「心配いりませんよ、殿下。カラムはそれはもう反省しておりますから」

セラフィーナの背後から旅立つカラムを見守っていたルーファスが、にこやかに告げる。

「殿下に軽蔑されて心が折れていたうえ、見送りに出てすらもらえなかったのですから。むしろ、まともに任務を遂行《すいこう》できないんじゃないでしょうか」

本来、騎士が五年間の派遣任務に赴《おもむ》く際、女王自ら彼らを見送るのが慣例となっている。しかし、今回はカラムに対する罰則としての派遣だ。ゆえに、セラフィーナは見送りに出ることなく、城の窓からこっそり様子をうかがっていた。

その代わりといってはなんだが、アグネスとエリオットがハウエルと一緒に見送りに出ている。カラムが逃げずに旅立つのを見届けてくれとセラフィーナが頼んだからだ。

遠ざかっていくカラムを見守る、ハウエルのぴんと伸びた背筋を見つめながら、セラフィーナはふとつぶやく。

「そういえば、よくハウエルを婚約者候補にする気になったわね。最初、婚約話が舞い込んできたときは、あんなにいやがっていたのに」

エリオットとふたりがかりで断らせようとしたことは、いま思い返しても腹立たしい。エリオットならまだしも、ルーファスまであんなことをするなんて……頰《ほお》に熱が集まるのを感じ、セラフィーナは両手をあてて隠した。

「仕方がないのですよ、殿下。ハウエルは……おそらく、私と似たような存在です」

思わぬ答えに、振り返ったセラフィーナは「それって、亜種返りってこと？」と眉《まゆ》を寄せた。

「私ほどではないと思いますが、一般的なルーベル国民より亜種の血が濃いと思われます。だからこそ、ハウエルの飢《う》えは深刻だった。ニギールへ帰すなど、できるはずもありません」

初めてハウエルを見たとき、ルーファスに雰囲気《ふんいき》が似ている、と思った。あれは、あながち間違っていなかったのかもしれない。

亜種返りだというルーファスの、セラフィーナへの偏愛というか、執着は十二分に理解している。ハウエルの置かれた状況がいかに厳しいものだったかも、なんとなくではあるが理解できて、セラフィーナは納得し――

「それに、殿下の伴侶《はんりょ》としてもふさわしいと思ったのです。私では、あなた様を守ることはできても、伴侶にはなれませんから」

――ようとして、思わず「え？」と聞き返した。

ルーファスは不思議そうに首を傾《かし》げる。

「正真正銘《しょうしんしょうめい》の亜種返りである私は、強すぎる独占欲ゆえに、愛する人を他者と共有することはできません。ですから、私が殿下と婚姻を結ぶことはありえません。以前、伝えたと思ったのですが」

「え、えぇ……そうね。もちろん覚えているわよ」

その話を聞いたとき、やっと全幅の信頼を寄せても問題ない護衛ができたのか、と思ったものだ。

なのになぜだろう。胸にくすぶるのは、苛立《いらだ》ち。

セラフィーナに新しい婚約者など必要ないと言って、エリオットとふたりしてあんなことをしでかしておきながら。

自らは、セラフィーナと結婚するつもりはないと、自分が認めた相手との婚姻であれば、祝福すると、そう言うのか。

「殿下、なにか……怒っておられますか？」

「べつに。怒ってなんかないです」

即答して、セラフィーナは背を向ける。窓から見える前庭に、もうハウエルたちの姿はない。カラムの背中も見えないから、きっと見送りを終えて城内へ入ったのだろう。

「あの、殿下。私はなにか、殿下の御心を煩《わずら》わせるようなことを？」

「いいえ、なにも問題はありません」

そうだ、問題はない。そもそもセラフィーナはいまのところ、ルーファスとも、エリオットとも、ましてやハウエルとさえも結婚するつもりはない。

ただ単に、エリオットみたいなことをしておいて、手のひらを返したようにハウエルを薦《すす》めてくるルーファスに、ちょっといらっとしただけだ。それ以上でも以下でもない。

納得して、セラフィーナは背後へ向き直った。ちらりとルーファスを見て、すぐに視線を外す。

いま注目すべきは彼ではない、もうすぐ開くであろう扉だ。きっと数刻とたたないうちに、エリオットたちが帰ってくるだろう。

『僕たちが女王の命《めい》を反故《ほご》にするはずがないんだから、見張りなんて不要なのにね』

そう言って渋るエリオットに無理を言って見送りに出てもらったのだ。むくれて戻ってくるであろう彼を、ねぎらってあげないと。

ルーファスを意識の外へ追いやって切り替えたセラフィーナは、ノックの後開いた扉へ「おかえりなさい」と笑顔で声をかけたのだった。

婚約者騒動も一段落し、ルーベルに日常が帰ってきた。といっても、戴冠式《たいかんしき》を二ヶ月後に控えているので、準備で慌ただしいのは変わらない。

戴冠式を間近に控えていても、準備は周りがやってくれるため、セラフィーナ自身の生活に大きな変化はない。今日も今日とて、家庭教師を招いて勉学に励《はげ》んでいた。

「……今日は、刺繡《ししゅう》の勉強なの？」

ソファの背後に立つハウエルが、セラフィーナの背中越しに手元をのぞき込む。布一面に、真っ赤な芥子《けし》の花に囲まれた小道が刺繡してあった。青い空や遠くに浮かぶ山の稜線《りょうせん》まで描いてある。

「なんて言うか……職人の域だね」

ハウエルが感心すると、セラフィーナではなく教師が「そうでしょう、そうでしょう」と鼻息荒く同意した。

「殿下の刺繡は芸術の域に達していると、わたくしも思いますのよ！」

「物心つく頃からちくちく刺していれば、誰だって、見れるものを作れるわよ」

謙遜《けんそん》ではなく純然たる事実を伝えると、ハウエルは「ふうん」と生返事をしながらじっと手元を見つめていた。

刺繍に興味があるのだろうかと思ったそのとき、「ねぇ」と口を開く。

「あんたの護衛になって今日でちょうど十日目なんだけど、ちょっと気になることがあるんだ」

「気になること？」

「あんたが学ぶのは刺繍やピアノといった淑女《しゅくじょ》のたしなみばっかりだ。女王として必要な知識はきちんと学んでいるのか？」

「女王として、必要な知識？」

つぶやいて、ぽかんと口を開ける。その様子を見たハウエルは、「まさか……」と表情を険しくさせた。

「なにも学んでいないのか？　経済や、軍学、世界情勢、他にもあるぞ。なにひとつ学んでいないのか？」

前のめりに質問攻めにするハウエルの顔をエリオットがわしづかみ、「そこまで」と言って後ろへ押しのけた。

「ぽっと出の男がうるさいよ。殿下はいまのままでいいの。完璧《かんぺき》なの。余計なことを吹き込まないでくれる？」

「余計なことじゃない。必要なことだ。これから国を背負う女王が国家運営について無知なんておかしいだろう。どうやって国をまわすんだ！」

指摘されて、初めて気づいた。そういえば、セラフィーナは内政や外交に関する勉強はしていない。王族としての心得を学んだくらいだ。

考え込むセラフィーナを見て、エリオットは舌打ちした。

「先代が亡くなってから今日まで、きちんとこの国は回ってきたじゃないか。とくに問題なんて起きていないんだから、わざわざ殿下が政《まつりごと》に関わる必要なんてないよ」

エリオットの言うことはもっともだった。セラフィーナが生まれてから今日までの約十六年間、国内でこれといった問題は起きていない。

しかし、ハウエルは納得しなかった。

「それはつまり、殿下をお飾りの女王にするつもりなのか？　忠誠を誓っていたんじゃないのかよ」

「バカなの？　僕たちが殿下を裏切るはずがないでしょう。僕たちはただ、殿下に余計な心労を抱えてほしくないだけさ。いつだって、女王の健《すこ》やかで心穏やかな日々を守りたいだけだよ」

「女王の健やかで穏やかな日々だと？　鳥かごの中に閉じ込めて愛《め》でていたいだけだろう。女王から自由を奪っておいて、忠臣が聞いて呆《あき》れる」

「……言ってくれるね」

エリオットは目を細めて暗く微笑《ほほえ》む。部屋の空気が冷えた気がした。

「ねぇ、ハウエル。君、自分の立場をきちんと理解しているの？　僕たちの慈悲《じひ》で君は殿下の護衛になれたんだ。あんまりバカなことばかり言うなら、国へ返品しちゃうよ？」

「おあいにくさま。俺はきちんと自分の立場や役割を理解している。だから言っているんだ。政は、女王が中心となって動かすべきだってな！」

息巻くハウエルへ、エリオットが嗤《わら》ってなにか言い返そうとしたが、「失礼します！」という声が廊下《ろうか》から割り込んできた。

「殿下に報告したいことがございます」

セラフィーナは目を瞬かせながら、エリオットとハウエルに目配せする。ふたりが構わないと答えたため、「お入りなさい」と廊下で待つ人物を部屋に通した。

扉を開いて入ってきたのは、ジェロームだった。彼はソファでくつろぐセラフィーナのそばまでやってくると、一礼して姿勢を正した。

「殿下、一大事でございます。二ヶ月後に行われる戴冠式の招待状を各国へ送ったのはご存じですね。いま、続々と参加の返答が届いているのですが、そのうち一通……エシウス国から、とんでもない内容の書状が届きました」

ジェロームは持っていた書状を差しだした。セラフィーナが受け取って読み始めると、ルーファス、エリオット、ハウエルの三人もソファの背もたれ越しに目を通す。

書状の内容は、戴冠式を欠席するという内容だった。各国ごとの都合もあるし、参加できないこともあるだろう。しかし、問題はそこではない。

「エシウスは、か弱き女王など王とは認められないと申しております」

ジェロームの言うとおり、書状には『屈強な戦士の国であるルーベルを、無能な女王が治めるなど認められない』と書かれている。また、『女王よりも王位にふさわしい傑人《けつじん》を我らが用意しよう』とまで書いてある。

「なんと失礼な！　殿下を置いて女王にふさわしい者などいるはずがない！」

読み終わるなり声を荒らげたのはルーファスだ。女王命な彼らしい反応だった。

「王位にふさわしい人間を自分が選ぶだなんて、なにこれ、ケンカ売ってるの？　売ってるよねどう考えても」

そう言って、エリオットが大笑いする。しかし、目はまったく笑っていなかった。

「まぁまぁ、とっても愉快そうなことが書かれているんですね。わたくしも見たいですわ」

セラフィーナから書状を受け取ったアグネスは、読み進めながら「ふふっ、うふふふふ」と笑い出す。その姿が、セラフィーナには高笑いする魔女に見えた。

「エシウスは先王がご存命のころから苛烈《かれつ》な王位争いが続いていた国です。数年前に王位を継承したかの国の王は、軍部に強い影響力を持っていると聞いていますが、外交に関してはあまり明るくないのだと思われます。ゆえに、我が国の特徴をきちんと理解していないのでしょう」

「たしか、先王が亡くなってもなお次代の王が決まらなかったんだよね。最終的に、現王が武力にものを言わせて王位をもぎ取ったみたいだけど。いろいろうまくいったから調子に乗っちゃった感じ？」

「だからといって、我らが女王を侮辱《ぶじょく》するなど、許されることではない。それ相応の対処をするべきかと」

「亜種《あしゅ》の特性をきちんと理解できていないのか。それとも、亜種など恐るるに足らず、と思っているのか。もしかして、どちらもかしら」

ジェローム、エリオット、ルーファス、アグネスと、不穏な方向へ進む会話に気づいたセラフィーナは、慌てて口を挟んだ。

「ちょっと、みんな、落ち着いて！」

すかさず「これが落ち着いていられますか！」とルーファスが吠えたが、セラフィーナが人差し指を口元に立てて「しぃ！」と言うと、おとなしくなった。

「あのね、エシウスの主張も仕方がないと思うのよ。だって、私がみんなに比べて脆弱《ぜいじゃく》なのは事実ですもの。国が混乱するのではないかと不安がる気持ちも分かるわ」

頼りない君主が立つと、貴族の権力抗争といったいらぬ波風が起こり、国政が滞《とどこお》る可能性が出る。そうなると民たちの生活が困窮《こんきゅう》し、最悪の場合、国の崩壊を招くだろう。

しかし、ことルーベル国では、その論理は当てはまらない。

「私の臣下は、自らが権力を握ることよりも、私に尽くすことを最上の喜びとっています。たとえ私が頼りなくとも、我が国が混乱することはないでしょう。いまは無理でも、いずれ認めてもらえればいいわ。もちろん、私も女王としてふさわしくあるよう、努力するつもりよ」

ハウエルが指摘するように、セラフィーナはもっと政に参加するべきなのだろう。女王になると覚悟を決めたのだから、きちんと役割を担《にな》わなければ。

「さすがです、殿下。殿下がいかに素晴らしい女王であるか、一刻も早く理解していただけるよう、我々も最大限努力いたしましょう」

ジェロームが拍手とともに褒《ほ》めそやせば、エリオットも賛同する。

「いまのままで、殿下は十分素晴らしいよ。エシウスだって、すぐに理解してくれるさ」

「他国の意見などどうでもよいのです。我々にとって、女王はあなたただひとり。大切なのはそれだけです」

跪《ひざまず》いたルーファスが、セラフィーナの手を取って見上げてくる。手を撫でさすってくるのはどうかと思うが、自分のことを慕《した》ってくれるのは純粋にうれしい。気にしないつもりでも、やはりショックだったらしい。

「みんな、ありがとう。いたらない私だけど、これからもよろしくね」

「お任せください！　では、エシウスについては、女王の素晴らしさを理解してもらう、という方向で……」

「ちょっと待った！」

話が終わろうというところで、ずっと黙っていたハウエルが待ったをかけた。ご丁寧《ていねい》に片手を前へつきだして止まれと示す彼は、険しい表情で言った。

「女王の素晴らしさを理解してもらうって、具体的にはなにをするつもりなんだ？」

「なにって……これからの私の姿勢を見てもらうだけよ？」

たったひとりの王女であるため臣下たちが過保護となり、セラフィーナは国から出たこともなければ他国の要人を招いての舞踏会などにも参加したことがなかった。セラフィーナ自身が女王になりたくないと駄々《だだ》をこねていたこともあり、ほとんど政にも参加していない。他国からすれば、セラフィーナに関する情報は皆無に等しかった。

だからこそエシウスのように認められないと言う国が現れるのだ。であれば、これからの自分の統治を見てもらい、安心してもらう他に方法はない。

至極《しごく》真っ当な意見だと思ったのに、ハウエルは重々しく首を横に振った。

「だめだよ殿下。あんたの気持ちが、まわりに全然伝わっていない。これからの殿下を見て理解してもらおうなんて悠長《ゆうちょう》なこと、誰も考えていないんだから」

ハウエルがなにを言っているのか理解できず、セラフィーナは眉間《みけん》にしわを寄せた。

「エシウスについてはもう話が済んだんだ。余計なことを言い出すな」

舌打ちをしたエリオットが、苛立《いらだ》ちのこもった口調で言う。

「余計なことじゃない。大切なことだ」

ハウエルはそう反論して、戸惑うセラフィーナを見据えた。

「殿下、あんたは自分の国民をきちんと理解していない。いいか？　亜種っていうのは、人間がどれだけ束になろうとも敵《かな》わないくらい、圧倒的な強さを誇る存在なんだ」

「それくらい知っているわよ」

「いいや、知らないよ。この間、百メートル走をしたって聞いたけど、殿下の記録は？」

唐突《とうとつ》な問いに、セラフィーナは面食らう。散々バカにされたのであまり言いたくないのだが、そうもいかない空気なので、素直に「十一秒九よ」と答えた。

「他国での、成人男性の平均タイムは、十四秒くらいだよ。女性だと十六秒くらい」

信じられないくらい遅い記録に、セラフィーナはポカンと口を開けた。

「ルーベル最弱の殿下にすら劣る。それが他国の現実だ。いいか、周辺国にとって、ルーベルはそれはもう恐ろしい国なんだよ。数の利なんて関係ない。どうやったって亜種には敵わないんだ。ただただただ、攻め込んでこないことを祈るしかできない」

「そんな大げさな」と、ジェロームが笑い飛ばす。

「我が国は、他国を攻め入ったりなどしませんよ」

「そうそう。僕たちが興味を抱くのは女王だけ。女王がここにいるというのに、他国を攻める意味なんてないね」

「エリオットの言うとおり、これまでルーベルが他国を侵攻したという話は聞いていない。だ

けどそれは、亜種の危険性をきちんと理解した女王が、暴走しないようしっかりと手綱《たづな》を握っていたからだ」

「亜種の危険性？　確かに、人間と比べて私たちの方が強いけれど、でも、みんな温厚な性格をしているし……」

「亜種はあまりまわりに興味を抱かないから、余計な軋轢《あつれき》もなくて温厚と言えるのかもしれない。でも、そんな彼らが、強い興味を示すものがあるだろう」

　亜種が興味を示すもの。そんなものひとつしかない。女王だ。

「亜種は女王さえいればいい。女王が幸せなら、他はどうでもいいんだ。それは同時に、女王の意向次第ですべてが決まるということ。あんたが領土を拡げたいと言えば、喜んで隣国を攻め落とすだろうよ」

「私は、他国への侵攻なんて望んでいない！」

「ハウエル。殿下を無闇に怖がらせるな」

　顔を青くするセラフィーナを、ルーファスが背中にかばった。

「怖がらせてなんていない。事実を教えているだけだ」

「殿下は無闇に他人を傷つけるような方じゃない」

「そんなことわかってる。でも、殿下にそのつもりがなくても、あんたの言葉次第でそういう事態を引き起こすってことをきちんと理解するべきだ」

自分の言葉が原因で、誰かが傷つくかもしれない。考えたこともない事態に、セラフィーナは震える両手で自分の口元を押さえた。

「歴代の女王は自らの重要性をきちんと理解していた。でも、あんたは先代を早くに亡くしたために女王の知識を受け継ぐことができなかった。それどころか、あんたの周りは、為政者《いせいしゃ》として必要な知識を与えまいと動いてる節がある」

女王の知識を与えないよう動くなんて、どんな理由でそんなことをするのか。考えて、ふと、先ほどのハウエルの指摘が思い浮かぶ。

「まさか……私をお飾りの女王にするため？」

「殿下。いくらなんでもひどいよ。僕たちは、殿下をないがしろにするつもりなんてない！」

強く否定するエリオットに、他の面々もうなずく。しかし、ハウエルの厳しい追及はやまなかった。

「確かに、あんたたちは殿下をないがしろにしないだろう。むしろ逆だ。あんたたちは、殿下に頼ってほしいんだ。つまりは依存させたいんだよ」

「依存？」

「そう、依存。国を動かす力すら持たない女王は、どうするのか。臣下を頼るしかない」

「臣下を頼ってなにが悪いの？　僕たちはただ、女王の力になりたいだけだ。人間のように国を食い物にしたりしない』

「女王への忠誠は素晴らしいことだ。だけど、女王のすべてを管理しようなんて考えるべきじゃない。管理されるべきは、俺たちの方だ！」

「管理されたいんならひとりでされてれば？」とエリオットが馬鹿にすれば、ハウエルは「国の実権は女王こそが握るべきだって言ってんだよ！」と吠えた。

「亜種の暴走を防ぐためにも、殿下には真っ当な女王になってもらわないと困る。そのために、俺はこの国へ来たんだ」

「本音が出たね。結局、ニギール国のことしか考えてないんじゃない」

エリオットがせせら笑う。しかし、ハウエルは怒るどころか「当然だ！」と声を強めた。

「俺は亜種だけど、ニギール国民としてここにいる。他国の人間だからこそ、現状がいかに危険か分かるんだよ。いいか、殿下。ニギールをはじめとした他国は、あんたが女王として実権を握ることを望んでいる。じゃないと、他国の平和が約束されない」

「うるさいよ、ハウエル！　まるで僕たちがむやみやたらと他国を攻めるみたいな言い方をして……これ以上余計なことを言うなら、どこかに閉じ込めるよ」

「やれるものならやってみろ！」

「なんだと！」

とうとう、エリオットとハウエルが取っ組み合いのケンカを始めてしまった。エリオットは嬉々として厳しいことを言うところはあれど、こうやって熱くなることは珍しい。純粋にハウエルとの相性が悪いだけかもしれないが、もしかして、図星を衝《つ》かれたからか。

セラフィーナはジェロームへと視線を移す。目が合った彼は、すっと視線をそらした。

「……ジェローム、どうして視線をそらしたの？」

「え、えーっと……気のせいですよ」

下手《へた》な言い訳にもほどがある。試しにアグネスへ視線を向けてみれば、彼女は目を合わせてすらくれない。ルーファスは視線が合ったが、女王愛がだだ漏《も》れているだけなのでなんの参考にもならなかった。

状況から考えるに、いま、彼らはセラフィーナに対してやましいことを抱えているのだろう。直近で、セラフィーナが言及した他国はひとつだけ。

「ねぇ、ジェローム。さっきのエシウスへの対処についてだけど――」

「緊急のご報告があります！」

問い詰めようとしたセラフィーナを、騎士の切迫した声が遮《さえぎ》る。互いに馬乗りになって取っ組み合っていたエリオットとハウエルが動きを止めるほど鬼気迫った声だった。

部屋にいる全員が注目する中、セラフィーナの許可を受けて騎士が入室する。扉に入るなり、背筋を伸ばして叫んだ。

「セオドール様が帰国されました！　殿下とのお目通りを願っております！」

セオドールとは、セラフィーナの上から三番目の兄――つまりはルーベルの第三王子だ。エシウスへ派遣した騎士団の指揮官を担《にな》っている。

このタイミングで、エシウスへ派遣した騎士団を率《ひき》いるセオドールが戻ってくるなんて、嫌な予感しかしない。

「セオドール兄様を、いますぐここへ連れてきなさい！　早く！」

不安から、思わず強い声音《こわね》になってしまった。かわいそうな騎士は「はいぃっ」と情けない声を上げ、廊下《ろうか》の向こうへと消えていった。


「あぁ、愛《いと》しの妹よ、会いたかったぞ！」

扉を大きく開け放って飛び込んでくるなり、立ちあがって出迎えたセラフィーナを熱く抱擁《ほうよう》した彼こそが、セオドールである。

ダークブロンドの髪と氷山を思い起こす透き通った青の瞳を持ち、三十代後半とあって笑うと口や目元にしわが寄る。セラフィーナとあまり似ていないのは、父親が違うからだろう。騎士団を率いるにふさわしい屈強な身体《からだ》つきをしており、分厚い胸板へ強制的に顔を埋めさせられると息ができなかった。

窒息《ちっそく》しそうな抱擁からなんとか顔だけ抜け出したセラフィーナは、太い腕の中で久しぶりに会う兄を見上げた。

「お久しぶりです、お兄様。突然帰ってこられたと聞き、なにかあったのかと心配いたしました。お元気そうでなによりです」

「はっはっはー。俺はお前と違って強いからな、心配なんていらねえよ。でも、俺を想ってくれてありがとな。突然戻ってきたのは、お前に直接報告したいことがあったからなんだ」

「報告、ですか？」

本来、指揮官が現場を離れることは許されない。なにか予期せぬ事態が起こったときに、指揮官不在という事態を招かないためだ。

傭兵《ようへい》として派遣された騎士団は、ルーベルへ定期的に書面連絡をする義務がある。緊急時には早馬《はやうま》で書面をよこす。間違っても、指揮官自ら報告に来るなんてありえない。

それなのに、セオドールはセラフィーナの前に現れた。身構えるセラフィーナへ、彼は爽《さわ》やかな笑顔とともに言った。

「エシウスのバカ国王をつぶしてきた」

外で食事を済ませてきた、とでもいうような軽さで告げられた言葉に、セラフィーナは「……………………え？」としか答えられなかった。

「だから、エシウスのバカ国王をつぶしてきたと言ったんだ」

「つぶす……とは、いったいどういうことですか？」

つぶす、ツブス、ＴＳＵＢＵＳＵ？　と、セラフィーナの頭の中を理解したくない不穏な言葉がグルグルと回る。

　必死の現実逃避は、苦笑するセオドールによってぶちこわされた。

「なにを言っているんだ。そのままの意味に決まっているだろう。あのバカ国王、俺のかわいい妹を頼りないなどと言いやがって……こんなに庇護欲《ひごよく》をかき立てるものはいないっていうのになぁ」

　セオドールはセラフィーナを抱きしめる腕に力をこめ、頬《ほお》ずりした。ひげがジョリジョリと当たって痛かった。

「それだけでなく、俺にセラフィーナを裏切ってルーベルの王になれと言い出した。バカ国王が後ろ盾になってやる、となぁ。どう考えても我が国を馬鹿にしすぎだ。女王を侮辱《ぶじょく》するにもほどがあると思わないか」

「なんということ……」

「ふざけた書状を送るだけでなく、セオドール様にそのような妄言《もうげん》を吐くなんて！」

「許せません！」

　怒り出す周囲に、セオドールは「やっぱり許せねぇよなぁ」と声を強めた。

「だからさ、バカ国王とその仲間たちを全部シメてきたんだ」

　バカ国王と仲間たちとは、つまりはエシウス国を動かしている貴族ではないのか。

「……え、待って、お兄様。シメるって、具体的にはなにをしたの？」

セラフィーナは頬ずりするセオドールの顔を両手で押しのけ、彼の腕からも抜け出して問いかける。

「うん。だから、セラフィーナを認めないとほざいていた奴らを一カ所に集めて、教育的指導を行った後、縄でぐるぐる巻きにして放置してきた」

「……つまり、いま、エシウス国を動かしているのは？」

「誰もいないんじゃないか？　城にいる貴族は全部拘束《こうそく》したし、勝手に逃げないよう見張りをつけてはいるが、あいつらが政《まつりごと》に関わることはないだろうし」

ということは、いま、エシウスの国家中枢《ちゅうすう》は完全に麻痺《まひ》していることになる。

「それって、エシウスを征服したってこと!?」

頭を抱えるセラフィーナの周りで、「おぉー！」と歓声が上がる。

「さすがセオドール様！　仕事が早いですわ」

「殿下を馬鹿にするような国、滅んで当然だよ」

「これで殿下の望みも叶いましたね」

「え、ちょっと待ってジェローム。どうして私の望みが叶ったの？」

エシウス国を征服したいなんて物騒な願い、口にした覚えなどない。

「なにをおっしゃいますか、殿下。つい先ほど、女王として認めてもらえるよう努力するとおっしゃったじゃありませんか。セオドール様の動きのおかげで、エシウスは殿下を女王と認めることでしょう」

セラフィーナを貶《おとし》めたがために拘束されたのだ。自由になるには、彼女を女王と認めるしかないだろう。

まさにジェロームのおっしゃるとおり。

だが、セラフィーナはそういう意味で「努力」と口にしたわけではない。

「私はただ……これからのルーベルの治政を見て、認めてもらえたらって思っただけなのに……」

それがまさか、他国へ攻め入って強制的に認めさせよう、という意味に解釈されるとは。

セラフィーナの言い方が悪かったというのか。なにが彼らの誤解を生んだのか。

「だから言ったじゃないか。殿下は亜種《あしゅ》の本質をきちんと理解できていないって」

はっと顔を上げると、表情をくしゃりとゆがめたハウエルがいた。エリオットに殴《なぐ》られたのか、口元に痛々しい痣《あざ》ができていた。

「俺たち亜種はね、女王がすべてなんだ。それを否定されて、黙っているわけがない。セオドール様が動かなくても、いずれはこうなっていたはずだよ」

「こんな……だって、私は……」

セラフィーナは瞳を揺らし、頭を抱える。ハチミツ色の髪を飾っていた髪飾りが床に落ちた。

「こうなるとは思わなかった……それこそが問題なんだよ」

ハウエルの言う通りだ。

亜種の特性をきちんと理解しないまま、適当なことを言ってしまったから。普段から政を人任せにして、自分の考えを兄や臣下、国民に伝える努力をしなかったから。

他国を混乱に陥《おとしい》れてしまったのだ。

セラフィーナが女王として、実権を握らなかったから。

女王の自覚が、足りなかったから——

セラフィーナの中で、なにかがプチンと音をたてて弾けた。

「——静まりなさい」

うつむくセラフィーナの唇から、つぶやきがこぼれ落ちる。

決して大きくなかった声は不思議と部屋全体に響き、喜びはしゃいでいたセオドールたちの動きをぴったりと止めた。

さび付いた金属のようにぎこちない動きで彼らが注目する中、顔を上げたセラフィーナは、笑みを浮かべた。

「今後一切、他国への攻撃を禁止します。そしてお兄様。あなたはいますぐエシウスへ帰って新しい国王を立ててきてください」

間違っても、拘束した国王を解放して謝ってこい、とは言わない。

セオドールの独断とはいえ、エシウスの国王を拘束してしまったのだ。ここで下手《へた》に解放すれば、今回の騒動の非はルーベル側にあると認めることになる。それは避けるべきだ。

「こうなった以上、仕方がありません。私たちがするべきことは、他国を納得させるだけの大《たい》義名分《ぎめいぶん》のもと、エシウスに新たな王を立てることです！」

エシウスには大変申し訳ないが、周辺国を下手に刺激しないためにも、彼《か》の国には悪役となってもらう他ない。ハウエルの言葉を信じるならば、ルーベルが攻め込まれるということはないだろうが、各国にいらぬ疑心暗鬼《ぎしんあんき》を招くのは必至だ。

めったに使わない頭をフル回転させて、セラフィーナはルーベルにとっての最善を探す。それなのに、肝心《かんじん》のセオドールが動かない。

「なにをしているのです、兄様！　早く戻って――」

「断る！」

ぴしゃりと言い切られ、セラフィーナは目を丸くした。

彼は腰に両手を当てて胸をはると、首を嫌々と振った。

「いくらお前の頼みでも、これだけは聞けない」

セオドールを含め、七人の兄はどれも妹に甘かった。八人兄弟の末っ子で、さらにはただひとりの妹だからどうしても猫かわいがりしてしまうのだろう。さらにそこへ、女王愛まで重なっているから、セオドールを含めた七人の愛情はとてつもない重さを誇っている。それこそ、セラフィーナがなにか願いを口にする前に考えを読んで行動してしまうほどに。

そんな兄が、セラフィーナの願いを断る、などと。

「三年ぶりにセラフィーナに会えたんだぞ。それを、こんな一瞬で帰るなんて嫌だ！」

「妹愛以外の理由がほしかった！」

頭痛を覚えて、セラフィーナはこめかみを押さえた。

四十歳を目前に控えた男性が、嫌々と首を振るから何事かと思えば、久しぶりに妹と会えたから離れたくないだなんて。情けない。

あぁ、でも、これも自分がなめられているからかもしれない。自分が真っ当な女王であったなら、命令に背くなんてこと、なかったのではないか。

「……ハウエルの言う通りね。私は、手綱《たづな》を握れていなかったわ」

自分の情けなさが悔《くや》しくて、セラフィーナは唇を噛《か》む。

だが、いまは嘆《なげ》いている時ではない。

「ルーファス、エリオット！」

名を呼ばれたふたりは、「はっ！」と背筋を伸ばした。

「ただちに兄様を拘束し、牢屋《ろうや》に放り込みなさい！」

「セラフィーナ!?　どうしてそんなひどいことをするんだ。俺はお前のために――」

「お黙りなさい！」

雷鳴のような鋭い声がとどろき、ニオベールは肩をすくめて口を閉じる。

セラフィーナは若葉色の瞳に凍える光を宿し、兄をひたと見つめた。

「兄様、あなたは先ほど、私の命令に逆らいました。主人の命令も理解できない駄犬など、必要ありません！　牢屋で反省していなさい！」

「そ、そんな……セラ、セラフィーナ。セラフィーナアアァ！」

嘆くセオドールの両腕をルーファスとエリオットがつかみ、ずるずると引きずって部屋から追い出した。扉の向こうで騎士に引き渡したのだろう。ふたりが戻ってきたあと、嘆きの声は遠ざかっていった。

セオドールがいなくなっても、セラフィーナの冷え冷えとした雰囲気《ふんいき》は変わらず、静まり返った部屋の中で、「さて」と視線を巡らせた。

「ジェローム」

名前を呼ばれたジェロームは、背筋を伸ばして「はい！」と答えた。

「私自ら、エシウスへ向かいます。私を迎え入れられる程度には国を立て直せるよう、人材を派遣しなさい」

「殿下自らですか!?」

ジェロームがたまらず声をあげたが、セラフィーナは「それと」とさらに続けた。

「新しい家庭教師も至急用意してちょうだい。為政者として必要な知識を、一刻も早く手に入れなくては」

「殿下！　なにもそんなに急がなくても……女王となってからでも十分間に合うよ」

説得しようとするエリオットに、ジェロームも同意する。渋るだろうことはわかっていた。だから、考えていた答えを口にする。

「家庭教師を用意してくれないというのなら、ハウエルから教わります」

エリオットとジェロームの表情が凍り付く。突然指名されたハウエルは、「え、俺？」と自分を指さしていた。

「どうしてそこでハウエルを指名するのですか？　この者はニギールの人間ですのよ。自国の利を優先して、あることないこと吹き込むかもしれませんわ」

アグネスの懸念《けねん》も当然だ。だが、セラフィーナはハウエルを全面的に信用できる根拠がある。

「ハウエルはニギール国民ですが、亜種でもあります。亜種が私を裏切ることはない。そうでしょう？」

ハウエルを見据えて問いかければ、彼は頬を染めて目を輝かせ、「殿下……」とつぶやいた。

「それに、ハウエルはニギール国民だからこそ、ルーベルを客観的に見ることができる。あなたたちの愛と忠誠は素晴らしいけれど、盲目的すぎてもいけないのよ」

セラフィーナは目の端にちらつく自らの髪を払いのける。

「あなたたちが私を守ろうとするように、私も女王としてあなたたちを守りたいのです。私が無知であればあるほど、他国はあなたたちを恐れるでしょう。そんなこと、許せないわ」

セラフィーナに誠心誠意尽くしてくれる彼らが、他国の人間を傷つけてしまう。しかもその理由が自分のためだなんて、許せるはずがない。

先ほどまでの凍えるような怒りではなく、包み込むような温かさを瞳に宿してセラフィーナが言い切る。その熱意に圧倒されたのか、誰もなにも言わなくなった。

「殿下」

沈黙を打ち破ったのは、優しく落ち着いた声。導かれるままセラフィーナが視線を向ければ、ずっと黙って経緯を見守っていたルーファスが、膝をついた。

「我々のことを思い、努力を惜しまないあなたを、私は誇りに思います」

胸に手をあて、頭《こうべ》を垂れる。すると、時が止まったかのように動かなかったエリオットが、長い長いため息とともに苦々しく笑った。

「このまま僕らに守られていれば傷つくこともないのに。でも、君がそう望むなら、仕方ないよね」

「自分から苦労しに行くなんて、殿下も物好きですこと」

エリオットに続いて、アグネスもやれやれとばかりに頭を振る。ふたりとも文句を口にしていたが、跪《ひざまず》いて頭を垂れた。

「あぁ……あなた様をかごの鳥にしようとした我々が間違っていたのですね。女王はやはり、我らを支配する存在です」

皆と同じように頭を垂れたジェロームは、そう口にするなり顔を上げた。

「殿下、あなた様のご指示通り、いますぐエシウスへ派遣する人材、および殿下の新しい家庭教師を手配いたします。ハウエルを頼らずとも、この国にはふさわしい者がおります。ご安心ください」

ジェロームは笑ってうなずくと、セラフィーナに一言断ってから、手配のために部屋を出て行った。

ほっと息を吐いたセラフィーナは、ソファに座って背もたれに身体《からだ》を深く預けて目を閉じる。なんだかどっと疲れた。いや、これからのことを思うとここで弱音を吐いている場合じゃない。

「お疲れ様です、殿下。ジェロームの手配が終わるまで、いましばらくかかりましょう。その間くらい、ゆっくりなさってください」

瞼《まぶた》を開けば、ソファの右横に立ったルーファスが、まるで孫の成長を喜ぶ祖父みたいな表情でセラフィーナを見下ろしていた。

「そうだよ、殿下」と、ソファの左側にエリオットが顔を出す。

「お茶でも飲んで、ほっとひと息入れたって誰も怒らないよ。だって、君は僕たちのために頑張ろうとしてくれているのだから」

「でんか、おいしいおちゃをおいれしますね！」

「では、わたくしはふさわしい菓子を持ってきますわ」

コリンが茶器の載ったワゴンを持ってきて、アグネスが廊下へと出て行った。

セラフィーナはもう一度息を吐き、背もたれから身を起こす。すると、ハウエルがローテーブルの横に立った。

「殿下……よそ者の俺を、信じてくれてありがとう」

自らを卑下《ひげ》するような物言いを訂正《ていせい》させようと思ったが、それより先に、彼は膝をついて頭を垂れた。

「殿下。あなたへの絶対の忠誠と愛を、いま一度、誓います。あなたに出会えて、本当によかった」

顔を上げたハウエルは、泣き顔のような、ほんの少し情けない笑みを浮かべた。


その後、有能な宰相《さいしょう》であるジェロームによって、エシウスの行政正常化部隊が編制され、その日のうちに旅立った。

その際、彼らにセラフィーナのエシウス訪問日程を伝える辺りが、ジェロームの容赦《ようしゃ》のなさだと思う。それまでにエシウスを最低限訪問できる状態まで立て直せよ、と言っているのだ。

セオドールがどのような状態で放置してきたのかわからないが、状況によっては、とても厳しい戦いになるだろう。

また、ジェロームは約束通り新しい家庭教師も用意してくれた。どうやら、騒動以前から目星がついていたようで、セラフィーナたちがお茶をのんでいるところへ早速やってきた。真っ白い髪と同色のひげが床まで伸びるご老人は、目元を隠す太い眉《まゆ》も相まってほとんど肌色の部分が見えず、まるで白い毛玉のようだった。

家庭教師は御年七十を越える、周りから長老と呼ばれるこの国の重鎮《じゅうちん》だった。いつものようなセラフィーナの夫候補云々《うんぬん》はまったく関係なく、素直に彼の能力のみを買って家庭教師に抜擢《ばってき》されていた。

「お初にお目にかかります、殿下。わたくしが来たからには、あなた様を立派な女王にしてみせます。なにぶん、殿下が女王の位を戴冠《たいかん》されるまで時間がございませんので、少々厳しい指導になるやも知れませんが、それは殿下とこの国の将来を思ってのこと。どうか、ご容赦くださいませ」

なんでも、長老はずいぶん前からセラフィーナに女王にふさわしい教養を、と唱え続けていたらしい。今回、自ら女王の知識をほしがったことがよほどうれしかったようで、目の前でオイオイと嬉し泣きしはじめてしまった。

どう対処するべきなのかと途方に暮れかけたが、コリンのミルクティーのおかげで泣き止んでくれた。コリンの健気《けなげ》な愛らしさは長老の心をも癒《いや》すらしい。

厳しく指導すると言っていたとおり、長老は休む暇すら与えず、ひたすらセラフィーナに知識を詰め込ませようとした。

しかし、亜種《あしゅ》として女王を愛《め》でたいという欲求も抱えているらしく、セラフィーナに疲れが見えたり怒られて落ち込んだりすると、途端に挙動不審になる。おそらくは、女王を甘やかしたい亜種としての欲求と、先達者《せんだつしゃ》として導かねばという使命感との間で葛藤《かっとう》しているのだろう。

最終的に長老が取る行動は、「為政者《いせいしゃ》がそんな情けない表情を浮かべていてはいけません」といって甘いお菓子を差しだすか、「ふ、ふんっ。これまであなたがこなしてきた課題を思えば、今回の間違いなどすぐに修正できるはずです。さっさと取り組みなさい」と、遠回しに励ますことだった。

なんと難儀《なんぎ》な。御年七十越えの長老の不器用な優しさに触れ、セラフィーナはときめきこそしないものの、しょっぱくも温かいという不思議な気持ちをもてあますことになった。

次期女王として自分の至らなさに気づいてからというもの、そんな慌ただしくも温かな毎日を過ごしている間に日々が過ぎ、ついにエシウスへ旅立つ日がやってきたのだった。

【第三章】最弱王女の奮闘

女王は立派な飼い主を目指す

「出発する前に、簡単な日程説明をさせていただきます」

エシウス国へ出発する日の朝、身支度《みじたく》を調えたセラフィーナは、自室で紅茶をいただきながらジェロームに今後の予定について説明を受けていた。

旅に出るということで、今日のセラフィーナの装《よそお》いは、クリーム色に茶色の縞《しま》が入った生地のドレスだった。ぴったりとした身頃《みごろ》に、胸元にはフリルをあしらい、あまり膨らみを持たせていないスカートには、箱ひだの入った短めのスカートが重ねてある。足さばきがしやすいようスカート丈はくるぶしで、足元は編み上げブーツをはいていた。ドレスと同じ布で作った大きなつばのボンネットは、頭上にこれといった装飾を施《ほどこ》さなかった反動か、内側に顔回りを飾るフリルとレースがふんだんに使われていた。

「エシウス国までの移動に二日。滞在期間は十日とさせていただきます」

国を出るというのに、移動期間二日というのはずいぶん短い。よほど街道の整備が進んでいるのだろうか。気にはなったが、どうせ後でわかることなので、もうひとつの懸念《けねん》を口にした。

「滞在期間は、十日で決定なのですか？」

少々短い気がする。長く滞在すればいい、という話ではないけれど。

手元の書類から顔を上げたジェロームは、申し訳なさそうに眉をさげてうなずいた。

「殿下の懸念《けねん》もわかりますが、滞在期間を延ばすことはできません。二十日後に、各国首脳を集めて会談が行われます。殿下にはルーベルの代表として参列していただきます」

「各国首脳と会談……そうだったわね」

セラフィーナは憂鬱《ゆううつ》な未来にたまらずため息をこぼす。

ルーベルという国は、曇天《どんてん》ばかりで晴天に恵まれない気候ゆえ、農作物は自分たちが食べる分を生産するので精一杯だった。さらに、手先は器用でも新しいものを創造しようという考えがないため、これといった工業品もない。

ルーベルが誇る一大産業は、国民。

傭兵《ようへい》として各国に騎士を派遣することで収入を得ていた。

派遣した騎士たちの主な役割は治安維持で、各国の戦争には絶対に参加しない決まりとなっている。

ルーベル国民の高い身体能力はもちろんのこと、女王への絶対的忠誠から統率が執《と》れており、穏やかな性格で無闇に周囲と軋轢《あつれき》を生まないといった理由から、各国から派遣依頼が殺到していた。

しかし、ここでひとつ問題が発生した。

エシウスへ派遣されたルーベルの騎士が、あろう事かエシウス国王を含めた城に滞在する貴族のことごとくを拘束《こうそく》し、彼《か》の国の政治中枢《ちゅうすう》を麻痺《まひ》させてしまったのだ。

ルーベルの騎士を雇い入れていた各国は驚き、説明を求めてきた。当然だ。信用して懐《ふところ》に入れた騎士が突然裏切ったと聞いて、自分の国にいるルーベルの騎士が牙をむかないと、どうして言える？

「気が乗らないのであれば、参加せずとも構わないのですよ。騎士派遣がなくなったとしても、自給自足でなんとか生きていけますから。むしろ我が国の騎士がいなくなることで、各国の治安はぐっと悪くなるでしょうね。山賊《さんぞく》とか強盗団とか、我々が取り締まっていましたから」

各国はもちろん自国の騎士を抱えている。しかし、彼らは王都周辺を守るだけで精一杯で、手が回りにくい郊外をルーベルの騎士が守っていたのだ。

山には山賊が、街道には強盗が出没するため、通報があるたびにルーベルの騎士たちが駆逐《くちく》していた。

ルーベルの騎士がいなくなるということは、各国の地方の治安がぐっと悪くなるということだ。山賊や強盗を野放しにすれば、流通を直撃するだろう。長期的には国際貿易にも影響が出てくるはずだ。

つまり、騎士派遣をやめて困るのはルーベルではなく他国のほうだった。だから、セラフィーナが無理して矢面《やおもて》に立たずともよい、とジェロームをはじめとした臣下たちは口にする。だが、そういうわけにもいかない。

「ここできちんと対応しなければ、他国の人々は我々ルーベル国民を誤解するわ。私は、優しいみんなを悪く言われたくないのよ」

もとはといえばセラフィーナがもっとしっかりしていれば起こらなかった事態だ。これ以上、自分の至らなさのせいでみんなの評価を下げるなんて、絶対に嫌だ。

「ふさわしい大義名分《たいぎめいぶん》のもと、エシウスの混乱を見事治めてみせるわ。楽しみに待っていて」

ジェロームを安心させようと、カップをソーサーに戻したセラフィーナは笑顔を浮かべる。目が合った彼は苦笑して肩をすくめた。

「あまり無茶はなさらないでくださいね」

「殿下は僕たちが必ず守るから、安心してよ」

「危険になど、絶対にさらさない」

セラフィーナの後ろに控えていたエリオットとルーファスが胸を張る。

「セオドール様も連れて行きますから、殿下に危害を加えられる猛者《もさ》などいませんわ」

「心配ないよ、殿下。俺も一緒に行って、女王バカたちが暴走しないよう見張るからさ」

セラフィーナの荷物を大きなリュックに詰め込み、自ら背負ったアグネスとハウエルが、頼もしい笑みを浮かべた。

今回のエシウス行きは、セラフィーナと護衛の四人、さらに今日までずっと牢屋《ろうや》に閉じ込められていたセオドールの六人で向かう。

出発の準備が整ったと声がかかり、ルーファスの手を借りて立ちあがったセラフィーナは、城から出た。

城の前庭には、四頭立ての馬車が一台停まっていた。大きな四角い客車に、荷物がどんどん載せられていく。馬車の端に積んだ革製のキャリーバッグに紛《まぎ》れて、縄で拘束されたセオドールが転がっていた。

セオドールがエシウスから勝手に帰ってきたあの日から、セラフィーナは彼を牢屋に閉じ込めたまま顔を合わせなかった。騒げないよう猿ぐつわをはめられたセオドールは、四十歳手前だというのに、情けなくも涙をぽろぽろこぼしてこちらを見上げていた。

しばし無言で見つめ合ったあと、セラフィーナは彼の目の前に膝をつく。

「……お兄様、私が怒っていることは理解できましたか？」

転がったまま、セオドールはコクコクとうなずく。どうやら、深く反省しているというジェロームの話は本当だったようだ。なんでも、せっかく帰国したのにセラフィーナに構ってもらえなかったことが相当堪《こた》えたらしい。

「いいですか、いまから私はエシウスへ向かいます。お兄様も現場責任者として同行してもらいます。ただ、きちんと自分の浅慮《せんりょ》さを理解し、反省できていないのであれば、お兄様を荷物のひとつとして拘束したまま運びます」

セラフィーナはルーファスたちに指示を出し、転がるセオドールを座り直させ、口をふさぐ布を外す。

「お兄様、どうして私が怒ったのか、わかりますか？」

「俺が独断でエシウス国王たちを拘束したから」

「そうです。私のことを想って行動してくれたのはわかっています。でも、そのせいで優しいみんなが悪く言われるのはいやなの。みんなが私を守りたいと思うように、私もみんなを守りたい。この気持ち、わかってもらえますか？」

セオドールは首を縦に大きく振った。

「ごめん、ごめんな、セラフィーナ。まだまだ小さいと思っていたお前が、女王として俺たちを守ろうとしてくれていたなんて。その気持ちを裏切るようなことをして、悪かった！」

謝るなり、彼は堰《せき》を切ったように大泣きし始めた。感動の涙らしい。

深く反省しているようなので、セオドールの拘束をといて出発することにした。

馬車へと歩き出したセラフィーナは、客車ではなく、繋《つな》がれた馬のもとへと向かう。

よく調教された馬たちは、セラフィーナが近づいたところで動じなかった。前を見据えたまま、時折頭を振っていななき、たてがみを優雅になびかせる。

凜々《りり》しい立ち姿に、セラフィーナは感嘆《かんたん》の息を漏《も》らした。実は、セラフィーナは大の動物好きだ。

幼い頃より周りから小動物よろしく愛《め》でられていたためか、自分が愛でる存在に飢《う》えていたのだ。しかし、なぜだかペットを飼うことは許されず、城内にいる動物といえば家畜か馬くらいで、愛でる機会にとんと恵まれなかった。

少し撫《な》でるくらい、いいだろうか。

セラフィーナはちらちらと周りの反応を窺《うかが》い、とくに誰も嫌な顔をしていないのを確認してから、馬の顔へ手を伸ばす。つやつやと輝き、滑らかそうな鼻筋に触れる――というところで、セラフィーナの手を、誰かが横からつかんだ。

振り向けば、いつの間にかルーファスが立っていた。

「殿下、もう出発いたしますよ」

いつになく爽《さわ》やかに笑うルーファスに、セラフィーナは「もうそんな時間なのね」と答えながらその手を振り払おうとした――が、離れない。

「……あの、ルーファス？　ちょっと手を離してもらえないかしら。これから私たちをエシウスまで運んでくれる馬たちを、撫でてあげたいのよ」

「その必要はございません。殿下は馬車になど乗りませんから」

「え？　馬車に乗らないの？　じゃあ、どうやって移動を……って、あれ？　ちょっと、ルーファス、なにをしているの？」

セラフィーナの背中と膝裏にルーファスの腕が回ったかと思えば、ひょいと横抱きにされた。

「殿下を抱きあげております」

「いや、見たまんまだからそれはわかっているのよ。そうじゃなくて、どうしていま私を抱きあげる必要があるのか、と聞いているのよ」

わざわざ抱きあげてもらわなくても、馬車に乗るくらいできるというのに。

ルーファスはきょとんとした顔で答えた。

「いまからエシウスへ向かうからですよ」

「そうよね、出発するのよね。だったら馬車に乗るんじゃないの？」

「いえ、馬車には乗りません。だって、馬車に乗っていてはエシウスまで二日でたどり着けませんからね」

「じゃあ、どうして馬車を用意してあるの？」

「あれは荷物を運ぶためです。我々は、必要最低限のものだけ持って先に向かいます」

そういえば、アグネスとハウエルが大きなリュックを背負っていた。周りを見れば、エリオットとセオドールまでもが背負っている。

エシウスへ向かう面々の中で荷物を背負っていないのは、セラフィーナとルーファスだけ。

なんだか、すごく嫌な予感がする。

「ね、ねぇ……ルーファス。どうやってエシウスまで向かう――いや、やっぱり教えてくれなくていいわ！　あのね、私、馬車に乗りたいの。馬が雄々《おお》しく走る姿って素敵じゃない。ほら、とっても速いし……」

「殿下、ご安心ください。私が馬よりもずっと速く走り、高く跳んで見せましょう」

「いやいやいやいや！　百歩譲《ゆず》って速く走るはわかるけど、高く跳ぶってどういう……」

「では、出発します。落としたりしませんから、ご安心ください」

「ちょっと待って待って待ってええぇいやあああぁぁぁっ！」

セラフィーナの制止を無視して、ルーファスが高く跳びあがり馬車を飛び越えた。

瞬く間に遠ざかっていくセラフィーナの絶叫を追って、エリオットたちも駆け出す。

最後に残された馬車は、御者の指示に従ってぽっかぽっかとのどかに走り出したのだった。


亜種《あしゅ》返りであるルーファスは、セラフィーナの護衛の中で最も身体能力が高い。ルーベル国民であってもそう易々と越えられないよう、高く造っているはずの塀《へい》を軽々と飛び越え、城から街の端まで馬車で十分はかかるであろう距離を、家々の屋根の上を飛び移っていくことで五分とかからず駆け抜けた。

街道を猛スピードで駆け抜けたのは当然のことながら、森に入っても速度が落ちることはない。というか、そもそも森に入らなかった。

連なる木々の上を跳び、木の天辺付近の枝に着地しては次なる木へと跳び移る。薄暗く見通しの悪い森で盗賊《とうぞく》に襲われることもなく、木の根っこといった障害物に注意する必要もない。

外敵の心配もなくさくさくと進んでいく旅路は、さぞ快適であろう。

しかし、セラフィーナが置かれているのは、客車のような、乗り手の快適性を追求した乗り物ではない。

ルーファスの腕の中なのだ。

さすが亜種返りとでも言おうか。着地や飛び上がりの衝撃を感じさせず、がっちりと抱え込まれて密着しているので、激しい動きでも不安定感はない。

しかしだからといって、疲れないかと言われれば、答えは否《いな》である。

着地の衝撃がなくとも、落とされそうな不安がなくとも、浮遊感はある。風は吹きすさぶ。

そして、視界がめまぐるしく上下するのだ。

恐怖心を抱かないはずがない。

落ちるはずがないとわかっていてもルーファスの首にしがみつき、声が嗄《か》れるまで叫び続け、最後は体力が尽きて失神した。

次に目を覚ましたときは、もともと宿泊予定だった宿の一室にいた。ただし、目を覚ました瞬間は自分がどこにいるのか把握《はあく》できなかった。

なぜなら、視界をルーファスの顔が占拠していたから。

ベッドのすぐ横に椅子《いす》を持ってきて、番犬よろしくセラフィーナが起きるのをずっと待っていたらしい彼は、主《あるじ》の目が覚めたとわかるなり笑みを浮かべた。

「殿下、お目覚めになられたのですね。まさかあれしきの移動で失神されるとは思っておらず……殿下の脆弱《ぜいじゃく》さを甘く見ておりました。さすが女王、想定の遙《はる》か上を行く脆弱さです」

「さて一休みと思ったら目を回してるんだもん、びっくりしたよね。まぁ、起きていても寝ていてもルーファスが落とすはずはないし、気にせず進んだんだけど」

「真っ白な顔でうなっておりましたから、少し心配しましたけれど、エリオット様が気絶しているうちに移動した方が静かでいいとおっしゃいまして。それもそうかなと」

「いやぁ、三年経ってもセラフィーナが変わらず脆弱で、兄はうれしいぞ」

心配しているのかけなしているのか判断がつかないルーファスに続き、エリオットとアグネスがセラフィーナの心を抉《えぐ》りにくる。セオドールにいたっては労《いたわ》りのかけらすらなかった。

真っ白な顔でうなっていようがなんだろうが、気絶したのはセラフィーナの責任らしい。脆弱ゆえに意識を失ったのだから間違いではないのだが……弱いとわかっているのなら、こちらに合わせてくれればいいのにと思うのはおかしいのだろうか。

難しい顔で黙りこくるセラフィーナへ、ハウエルが「ドンマイ」と声をかけてくれた。よかった、他国の常識は味方のようだ。

ちょっと気持ちが浮上してきたところで、アグネスが紅茶を差しだした。受け取ってひとくち含むと、すっと爽《さわ》やかな香りが鼻をぬける。

「ミントティーですわ。胃のむかつきを軽減し、頭をすっきりさせてくれます。ずいぶんと長く眠っておいでしたから、これで少しは目が覚めるでしょう」

相変わらず、口ではかわいくないことを言っているが、気遣いは素晴らしい。ミントの清涼感がぼんやりした意識をすっきりさせてくれた。

アグネスの本心がいまだつかめないけれど、彼女の細やかな気配りには感謝するべきだろう。礼を述べれば、「侍女《じじょ》として、当然ですわ」と斜めに見下ろされた。

アグネスが茶器をワゴンに載せ、外へと片付けるのを見送ってから、改めて部屋を見渡す。

セラフィーナが眠るのは、ワインレッドの布が掛かった天蓋《てんがい》付きのベッド。椅子を持ってきて座るルーファスの他に、彼とベッドを挟んで向かいの位置にハウエルが立ち、エリオットがベッドの縁に腰掛けている。セオドールだけはダイニングの椅子に腰掛けてひとり紅茶を飲んでいた。

クリーム色の壁紙に、褐色《かつしょく》でまとめられた調度品《ちょうどひん》。寝室と居室は分かれておらず、自分が眠るベッドだけでなく、部屋の隅に小さめのベッドが置いてあった。おそらくは、アグネスが使うのだろう。

ルーファスの手を借りてベッドから降りたセラフィーナは、ダイニングへと移動する。窓には真っ赤なカーテンが広げてあり、外の様子はわからないが、カーテンの隙間《すきま》から光が差していないので陽は暮れていると思われる。

エリオットに椅子をひいてもらって腰掛ければ、ルーファスがすでに用意してあったアイスティーをカップに注ぎ、差しだすようにテーブルに置いた。

「もう夕食の時間ですが、食欲はございますか？」

早朝に出発したと思ったのに、気絶して起きたら夜とはどういうことだ。しかもルーファスやエリオット、セオドールはそのことについてなんの疑問も抱いていない。戦慄《わなな》くセラフィーナを、ハウエルが憐憫《れんびん》のこもった目で見つめてくる。世界の常識は自分の味方のようだ。彼がいてくれてよかった。

寝起きではあっても、昼食を食べ損《そこ》ねたのでお腹はすいている。食べる旨《むね》を伝えると、ハウエルが外へ出て、アグネスとともに食事を載せたワゴンを運んできた。

てっきりすでに食事を摂《と》ったものと思ったが、ルーファスたちはセラフィーナが目覚めるのを待っていたらしい。

一応は、セラフィーナの身体《からだ》を心配してくれたのかな、とすさんだ心がわずかに癒《いや》された。

それでも、気絶したのをこれ幸いに先を急いだことは許しがたい。

「明日の移動は、やはり馬車がいいと思うの」

六人でテーブルを囲み、アグネスの給仕で夕食をいただいたあと、食後の紅茶を楽しんでいたところで、セラフィーナが切り出した。道中の茶菓子として城から持参してきたクッキーをいただいていた面々は、そろって手を止めてこちらを見た。

「馬車よりもあなたたちの方が速く移動できるというのはわかっているのよ。でも、道中の景色を楽しむ余裕もないし、叫んでばかりいたから喉《のど》が痛いし、気絶してみんなに迷惑をかけてしまうから、やっぱりここは馬車でゆっくり向かいたいなって……」

セラフィーナは、最後まで言葉を続けられなかった。なぜなら、斜め前に座るルーファスが、この世の終わりと言わんばかりの顔でふるふる震えだしたからだ。

多少渋るかな、とは思っていたが、まさかこんないまにも泣き出しそうになるとは思わなかった。焦るセラフィーナがなにか言うより早く、彼のとなりに座るエリオットが「ほらやっぱり」と口を開いた。

「だから言ったじゃん。速度を重視して障害物を飛び越えてばかりいたら、殿下が風景を楽しむ余裕がないって。やっぱり森は飛び越えずに駆け抜けるべきだったんだよ」

「違う、そうじゃない！　私が言いたかったのは、もっと安全に――」

「しかし、馬よりも我らの方が殿下の足に最適であると証明したいと思ってだな……」

「馬よりも僕たちの方が殿下にふさわしいと証明したいなら、なおさら高く跳ぶなんていけないよ。ここは、馬と同じように街道を駆け抜けないと」

「だから違う！　高く飛び上がったことにもの申したいのではなくて、一般的な移動方法で安全安心な旅路を――」

「ルーベル国民は、徒歩移動が基本だぞ。俺がエシウスを行き来したときも徒歩だった」

「え、そうなの!?　じゃあ、伝令は？」

「騎士団の中で脚に自信があるものが、全速力で駆け抜けて運んでいる」

まさかの事実である。馬車は荷物を運ぶのに使うそうだ。ただ、早急に物資が必要になったときなどは、馬ではなく健脚な騎士が運ぶらしい。

「各国へ派遣された騎士たちが、副業としてルーベル特急便という配送業を行っているんだよ、殿下。料金は高くかかるけどな」

ハウエルの補足説明はセラフィーナの知らない事実だった。次期女王の自分が知らないとはどういうことかとセオドールをにらめば、彼は肩をすくめた。

「各国からの強い要望を受けて、最近試験的に始めたんだ。騎士の中でも脚に覚えがある精鋭を使うから、それ相応の報酬《ほうしゅう》はもらわないと。頻繁《ひんぱん》に利用されても困るしな」

ざっくりとした経緯はわかったが、だからといって、セラフィーナが知らない理由にはならない。これはルーベルに帰ってから、しかるべき対処を講じなければ。長老の力を借りて、報告・連絡・相談を徹底させる施策《しさく》を早急に考えよう。

「そういえば、エシウスにはとっても大きな鳥がいるって噂《うわさ》、知ってるかい？」

ハウエルの問いに、セオドールは「巨鳥だろ、知ってる」と答えた。巨大な鳥だから巨鳥とは、なんと安直な名前だろう――などと、どうでもいい世間話に注意を向けてしまい、いつの間にかルーファスとエリオットの会話に耳を傾けていなかった。

それがいけなかった。

翌日、朝靄《あさもや》が立ちこめる中、セラフィーナの目の前にエリオットが立ち、言った。

「今日はルーファスじゃなくて僕が殿下を運ぶから」

生き生きとした笑顔で告げられた事実に、セラフィーナは呆然《ぼうぜん》としながらも背後を見る。アグネスやハウエルたちに混じって、ルーファスがしょんぼりしながらリュックを背負っていた。

「えっと……馬車は？」

ルーベル特急便やエシウスの巨鳥の話題に気を取られてしまい、移動手段について議論していたことをすっかり忘れていた。

「そんなもの必要ないよ。馬車よりも速く、かつきちんと景色を楽しめるように運ぶから、安心して」

昨夜の話し合いは、馬車の手配ではなく抱え手の変更という結論にいたったらしい。

セラフィーナにとって、まったく無意味な変更だった。

「いや、あのね。高く跳んだのが怖いのもあるんだけど、それ以前に抱えられての移動が――って、エリオットちょっと待ちなさい」

「じゃあ、しゅっぱーつ！」

「私の意見も聞きなさいってぇええぃやああああああああ！」

セラフィーナが抗議しているそばから、エリオットは彼女を抱え上げ、文句を言い切らないうちにさっさと走り出してしまった。

セラフィーナの悲鳴が空をこだまする。すでにルーベルの端まで来ているため、空を覆《おお》う分厚い雲が所々晴れ、青空がのぞいていた。

まぶしいほどの日差しを、しかしセラフィーナは楽しめない。当然だ。エリオットに抱きかかえられたまま、猛スピードで移動しているのだから。

昨日、ルーファスにエリオットは言った。障害物を飛び越えてばかりいてはせっかくの景色が楽しめないと。

確かに、彼の言うとおりだ。昨日のルーファスは王都の家々の屋根どころか、森さえも飛び越えていた。

では、あえて飛び跳ねたりせず、馬車と同じように街道を駆け抜ければ、抱えられての移動も楽しめるのか。

答えは、否《いな》だ。

たとえ街道を駆け抜けていても、それが馬車とは比べものにならない猛スピードでは意味がない。

周りの景色が線に見えるってどういうことだ。

吹き付ける風がすごい。空気の塊《かたまり》がぶつかってくるようだ。

遮《さえぎ》るものもなく暴風が顔に吹き付け、髪が乱れるとかそういう問題ではなく、目が開かない。頬《ほお》がなびいている気がする。自分の顔なので確認できないが、きっと百年の恋も冷めるようなひどい顔をしていることだろう。客車があったのなら——そう思わずにはいられない。

結局、高く飛び上がることがなくとも、馬車の旅のように景色を楽しめるはずもなく。移動二日目も、セラフィーナは早々に意識を手放したのだった。

エシウス国王城は、湖に建つ一風変わった城だ。湖の縁に城が立ち、そこから中央へ向けて眼鏡橋《めがねばし》がのびている。橋の上にも城が建っており、奥へ細長い形をしていた。

城の向かいには城下町が広がっており、反対側――湖の対岸は深い森が続いている。

もともとは縁に建つ部分だけだったのを、何代か前の国王が湖に橋を架けて反対側の岸に行きたいと言い出し、増築したそうだ。橋が中央で止まっているのは、言い出しっぺの国王が亡くなったから。

父王の酔狂《すいきょう》のせいで厳しくなった国庫を立て直すため、新王は戴冠《たいかん》するなり城の増設を中止。その後、時代時代を生きたエシウス国王がそれぞれ改築を繰り返し、いまの形に落ち着いた。

二日目の夕方、エシウスまでたどり着いたセラフィーナは、さすがに情けない姿を他国の人間に見せるわけにはいかないと、城下町を目前に休憩をとることにした。

お茶を飲みましょうとアグネスが言い出したときはどうやってと驚いたが、セオドールの背負うリュックから折りたたみの簡易テーブルが出てきた辺りでいろいろとあきらめがついた。

あらかじめ宿で作っておいたアイスティーを飲みながら、城の料理長が大量に作ってくれたクッキーをいただく。

バターとバニラの香りと、さくふわな食感を楽しみながら紅茶を含めば、オレンジのさっぱりとした香りと涼やかな苦みが喉を潤した。

セラフィーナたちは、畑に挟まれる街道のすぐ横の原っぱにテーブルを広げ、くつろいでいる。目の前の道を視線でたどっていけば、高い塀《へい》で囲まれた城下町と外界を繋ぐ唯一の門が見えた。いまの時間はまだ門が閉ざされることはなく、騎士たちが出入りする人間ひとりひとりを検分していた。

「ねぇ、お兄様。ひとつ気になったのだけど、エシウスの国民はルーベルに対して悪感情を抱いていないのかしら」

自分たちの国を支える国王と側近のことごとくを拘束《こうそく》、監禁《かんきん》してしまっているのだ。恨まれていても仕方がない状態である。

「城下町を通る間、国民から恨みつらみを叫ばれるかもしれないのよね。きちんと覚悟をしておくべきだわ」

アイスティーの入ったグラスを両手で握りしめ、気合いを入れるセラフィーナへ、セオドールは「そんな必要ないだろう」とあっけらかんと告げる。

「エシウスの国王は国政を顧《かえり》みることなく長く王位争いを続けたうえ、やっと決着がついても一部の貴族と贅沢三昧《ぜいたくざんまい》だったからな。治安は悪くなる一方だった」

「だったら、悪い王を懲《こ》らしめたルーベルの女王は彼らにとって救世主かもね。むしろ、大歓迎されたりして」

「殿下の素晴らしさであれば、当然の扱いです」

「ありえないから。というかルーファス、脆弱《ぜいじゃく》が尊《とうと》ばれるのはルーベルだけよ。ちゃんと自覚して」

冗談めかすエリオットと相変わらず女王バカなルーファスをたしなめていると、ハウエルが「ありえないとは言い切れないかも」とつぶやいた。

「エシウスの今代王が最低だっていうのはニギールでも有名な話だったよ。いろいろと上から目線で無理な要求をふっかけようとするんだ。名産のエールがなかなか入らなくなって、大人たちが嘆《なげ》いていたな」

「あぁ、エシウスのエールは確かに美味《うま》いなぁ。ルーベルに帰るのが少しは惜しいと思えるくらいに」

妹愛に女王バカが加わってとんでもないことになっているセオドールから、『国へ帰るのが惜しい』なんて言葉が出てくるとは。よほどエシウスのエールはおいしいらしい。味見をしてみたかったが、セラフィーナはまだ成人していなかった。

残念だとため息をついていると、不安がっていると勘違いしたらしいアグネスが、「心配いりませんわ、殿下」と胸を張った。

「道を阻《はば》もうとするならば、飛び越えればいいのです」

「余計に心配になった！」と吠えるセラフィーナを無視して、エリオットが「いいね、それ」と賛同する。

「あれくらいの塀だったら軽く飛び越えられるし、あとは屋根の上を伝っていけば城までたどり着けるよ。ね、ルーファス」

「そうだな、私が殿下を運べば問題ない」

「問題大ありよ！　自分たちにとって不都合な主張だからと無視していては、エシウス国王と変わらないでしょう。そうよね、ハウエル！」

　唯一の常識人に同意を求めると、彼はへらっと笑って首を横に振った。

「殿下の言い分もわかるけれど、いまは民と話すときじゃないと思うよ。小さな問題ひとつひとつに取り組む前に、大きな問題を片付けないと」

「王城へたどり着くことの方が大事ってことだな。じゃないと、これからの対応もなにもできない」

「その通りだけど……そもそもの原因であるお兄様に言われたくない！」

「はっはっはー。駄々《だだ》をこねるセラフィーナもかわいいなぁ」

　両の拳《こぶし》で机をたたくセラフィーナを、セオドールがご機嫌に頭を撫《な》でた。なぜだろう、理不尽に感じた。

作戦と言っていいかもわからないおざなりな今後の方針を決めたところで、セラフィーナたちはエシウスの王都へ向かう。

ルーファスに抱きかかえられながら門へと近づいていくと、灰色地に赤の差し色が入った騎士服を纏《まと》った者たち――ルーベルの騎士が門を守っていた。

セオドールが行動を起こす以前からエシウスの騎士や街の自警団はならず者集団となっており、治安維持はルーベルの騎士が行っている、とは聞いていた。けれども、自国の中核ともいえる王都の秩序を他国の騎士が守るだなんて、信じられない。

驚くセラフィーナと違い、ルーファスたち他の面々はさもありなんという顔をしている。エシウス国の腐敗はそれだけ有名な話だということだ。

セオドールは、苦い顔で頭をかいた。

「新しい国王を立てた方がこの国のためになるんじゃないかって何度となく思ったけどよ、他国の政《まつりごと》に口を出すのはよくないと傍観《ぼうかん》していたんだ。こっちがおとなしく我慢していたっていうのに、向こうがセラフィーナを裏切れとかバカなことを言い出しやがって」

「堪忍袋の緒が切れたっていうか、最後のだめ押しを自らやったって感じ？」

鼻で笑うエリオットに、セオドールは「そうそれ！」と指をさした。

「一応な、俺も一隊を率《ひき》いる王族として、いろいろと考えて動いている。俺たちがやったことを、エシウスの国民は受け入れてくれるだろうよ」

ただの女王愛だけで行われた蹂躙《じゅうりん》ではなかった。

世界情勢に疎《うと》いセラフィーナが知らなかった事実。あらためて、自分がいかに政治に無頓着《むとんちゃく》だったかを実感した。

真っ当な女王となるため、さらなる研鑽《けんさん》を心に誓いながら、セラフィーナはルーファスに抱きかかえられながら門をくぐる。

門を守っていた騎士の一部が周りを囲う中、城へと続く大通りを進んでいると、街の人々が集まりだした。

「セオドール様と……まさか、女王陛下!?」

誰かがそう叫んだかと思うと、人々から歓声が上がり、人だかりは分厚さを増した。

「我らが救世主、セオドール様が女王陛下を連れてきてくださったぞ！」

「女王陛下万歳《ばんざい》！」

「我らニギールの民を救ってくださった優しき女王陛下、万歳！」

「勇敢《ゆうかん》なるセオドール様、万歳！」

「ルーベルの騎士と慈悲《じひ》深き女王陛下に感謝を捧げます！」

集まった人々が、こぞってセラフィーナたちを讃《たた》えた。熱烈な歓迎に、ただただ面食らう。

やまない歓声に見送られながら、セラフィーナはエシウス国王城までやってきた。城内に入ると、ルーベルの騎士が整列して出迎えた。

　彼らは扉から玄関広間へ伸びる赤絨毯《あかじゅうたん》を挟むように並び、胸に手を当てて腰を折り、頭《こうべ》を垂れていた。セラフィーナを担《かつ》ぐ（物理的に）ルーファスとエリオットたちが広間奥へ移動して振り返ると、一糸《いっし》乱れぬ動きでこちらへ向き直った。その際響いた、ザッザッという靴音《くつおと》がやたらと大きく聞こえ、セラフィーナは思わずルーファスの首にしがみついてしまった。

　どうしてだろう。自分を見つめる騎士たちの目線に熱がこもった気がする。

「おほん。ぅおっほん」

　エリオットがわざとらしい咳払《せきばら》いをすると、はっと我に返った騎士たちが一斉にその場に膝をついた。

「セラフィーナ王女殿下のご訪問を、我らルーベル騎士団エシウス派遣隊は心より歓迎いたします」

　先頭中央に立つ騎士が宣言すると、「歓迎します！」と騎士たちが声をそろえる。

　セラフィーナは自分の足できちんと立って答えようと思ったが、なぜかルーファスが離そうとしてくれなかったので、仕方なく抱きかかえられた格好のまま答えた。

「お忙しい中、わざわざのお迎えありがとうございます。城にたどり着くまで、エシウスの人々が熱烈な歓迎をしてくださいました。それもすべて、皆様が誠実に職務をまっとうしてくださったおかげでしょう。私はあなたたちを誇りに思います」

街の人々の反応やハウエルたちの話から考えるに、この国が保たれていたのは彼らの努力のおかげといっても差し支えはないだろう。ただ、国王を拘束したのはいささかやり過ぎだとは思う。

彼らの努力に、言葉以外でも報いることができたらいいのに。セラフィーナが考えていると、口の開いたリュックを胸に抱えたアグネスと、セオドールが前に進み出た。

「忠実に職務をまっとうするお前たちを激励《げきれい》するため、殿下より特別褒賞《ほうしょう》が与えられることになった」

まったくもって聞いていない展開に、セラフィーナは「ん?」と声を漏《も》らしたが、騎士たちの「おぉー!」という野太い喜びの声でかき消された。

頑張る騎士たちを、言葉以外で激励したい――つい先ほどそう思ったばかりだから、セオドールたちの気の利《き》いた手回しに感謝をするべきなのだろう。

だけれども、五年の派遣期間を終えた騎士には女王の私物が与えられるという衝撃の事実が、セラフィーナをどうしようもなく不安にさせる。

いったいなにを配るつもりなのか。ルーファスにしがみつきながら恐々と見つめる先で、セオドールがリュックに手を突っ込んだ。

「このたびの特別褒賞は、これだ!」

威勢のいい声とともに抜き出された手に握っていたのは、両手の平サイズの額縁。彫刻などの装飾がないシンプルな木の額縁を、セオドールは皆に見えるよう、高く掲《かか》げる。

「これは先日行われた最弱比べでの殿下のご様子である！　殿下の素晴らしき脆弱さを見事に表した絵であるから、皆、大切にするように！」

シンプルな額縁にはめられていたのは、三段跳びに失敗して顔から転ぶセラフィーナの姿だった。

騎士たちが喜びの雄叫《おたけ》びをあげる。お行儀《ぎょうぎ》よく一列に並び、セオドールが「よくやった」と労《ねぎら》いながらセラフィーナの残念な姿絵が配られていく。

叫ばなかった自分を、褒《ほ》めてあげたかった。


羞恥心《しゅうちしん》との激しい戦いを終え、滞在する部屋に通されたセラフィーナは撃沈した。

ルーファスにおろしてもらったソファの上に倒れ込むという、淑女《しゅくじょ》らしからぬはしたない格好だが、誰も注意はしなかった。

「お疲れ様、殿下。姿絵を見た瞬間叫ぶだろうなぁと思っていたのに、ちゃんと我慢したね、えらいえらい」

セラフィーナは顔を上げ、エリオットをちらりと見上げる。彼の隣に立つアグネスが、頬《ほお》に手を当ててため息をこぼした。

「小動物みたいにキャンキャンと騒ぐ殿下もそれはそれでかわいらしいので、少し残念な気もしますわね」

「どんな殿下も素晴らしいです」

「そうだな。セラフィーナはかわいい」

「キャンキャンうるさくて悪かったわね！　今回だって止めていいなら止めたかったわよ」

顔から地面に落ちる姿絵を、誰が好き好んで配るものか。けれども、ルーベル国民は女王の脆弱さを愛《め》でるという残念な性癖《せいへき》を持っている。それさえ満たしておけば騎士たちが働くというのなら、次期女王として、率先《そっせん》して配るべきだろう。

女王に羞恥心など必要ない。あっても自分がつらいだけだ。

心を強く持とうとするセラフィーナを、ハウエルが生暖かい目で見つめた。

「ルーファス様の殿下成長記録を見て感動した俺が言うのもあれだけど、本当に、よく我慢したと思う。俺ならひきこもる」

常識人である彼に哀れまれ、セラフィーナはソファに顔を埋めてうめいた。

「それで、これからどうするつもりなの？」

ハウエルの常識攻撃により、使い物にならなかったセラフィーナがようやっと持ち直したところで、今後の方針を話し合うことになった。

全員でテーブルを囲みながら、アグネスの淹《い》れた紅茶をいただきつつ、エリオットが本題を切り出す。

ミルクを多めに入れたまろやかな味を楽しんでいたセラフィーナは、カップをソーサーに戻して前を向いた。

「とりあえず、今回の騒動で停滞してしまっている政《まつりごと》を、誰かに任せるべきだと思うの」

現在、エシウスの国政は、ジェロームが派遣した優秀な文官たちによって運営されている。

しかし、彼らは期間限定の派遣だ。ずっとこの国に滞在するわけではない。よって、彼らに代わって国政を担《にな》う人材を確保しなくてはならない。

「まずは国王を決めるべきね。王族でめぼしい人はいるのかしら」

「残念ながら、現在、エシウス王家には後継者がいない」

セオドールはため息とともに頭を振った。

「おぞましい話だが、今代王が王位を継いだ際、後継者となり得る者をことごとく処刑した。さらに、エシウス王には正妃以外にも妃《きさき》が何人もいて子供も数人生まれたが、どの子も若くして死んでいる。おそらく、権力争いの犠牲《ぎせい》となったんだろう」

自分の派閥《はばつ》に属する妃の子供が王位を継ぐようにと画策し合った結果、誰も残らなかったということか。

まさに伏魔殿《ふくまでん》と呼ぶにふさわしい所行に、セラフィーナの全身から血の気がひいた。

「それでは、今代王でエシウス王家は途絶えると？」

ルーファスの問いに、セオドールは重々しくうなずく。

王家が途絶えるとわかっていて拘束《こうそく》するとは、それだけこの国が追い詰められていたと思うべきか、もっと考えて行動しろと叱《しか》るべきか。

最後のだめ押しが女王への侮辱《ぶじょく》だっただけに、セラフィーナは悩んだ。

「このまま、ルーベルがエシウスを治めるというのはだめなのか？　少なくとも王都の人間は、それを望んでいるように思うけど」

ハウエルの提案を、セラフィーナ以外の面々が「無理だな」と否定した。

「どうして無理なの？　ルーベルが他国を征服したことになるから？」

一考する間もなく否定したことにセラフィーナが疑問をぶつけると、ルーファスが口を開いた。

「ルーベル国の長い歴史の中で、他国を治めたという話はいくつかあります。ですが、そのどれも長くは続きませんでした。ルーベル国民の女王愛を理解できず否定するものが現れるからです」

「女王愛を、理解できない？」

「そうです。強靭《きょうじん》な我々ルーベル国民は、女王の脆弱《ぜいじゃく》さこそを愛し、尽くす。ルーベルの統治下にはいった他国の人間も、我々の女王愛を認め、受け入れてくださいます。しかし、しばらくたつと、エシウス国王のような、脆弱な女王など認められないという輩《やから》が現れるのです」

「きっとルーベルの庇護《ひご》に慣れて、以前の自分たちの生活を忘れてしまうんだろうね。人間、余裕ができるといろいろと欲が出て来るものだから。脆弱な女王ではなく、自分たちの理想の王を立てようとするんだよ」

エリオットは笑顔を浮かべているが、目はまったく笑っていない。

「女王を侮辱されて、ルーベル国民が黙っているわけがないよね。だったら好きにすれば、と言ってさっさと自国へ帰ってしまったんだよ。僕たち亜種《あしゅ》は、領土とかに執着はないから」

「しかし今度は、なぜルーベルが統治することになったのか、きちんと憶えている者たちが騒ぎ出すのです。ふたつに分かれた民は争い始め、ついには泥沼の内戦へ突入しました」

結局、ルーベルが仲裁《ちゅうさい》に入ることとなり、期限を決めてルーベルの統治を続けることになった。彼《か》の国の自立を促し、約束通りの期日でふたつの国は分かれたが、そこまでたどりつくのも大変だったらしい。

「そういった過去の事例から、ルーベルは他国を併合するべきではない、と決まったのです」

「過去の事例では内戦だったけど、ルーベルとの戦争が起こる可能性だってあるしね。いつかは壊れるってわかっている併合なんて、するだけ無駄だよ」

「我々は女王さえいれば他は望みません。国土を広げる必要性など皆無なのですから、面倒なことはすべて他人に任せてしまいましょう」

　エリオットとルーファスの言うとおりだ。自国の国民さえうまく制御できていない自分が、無責任に他国の人間を抱え込むべきではない。

　セラフィーナは、エシウスの貴族の中で国王を担うにふさわしい人物を探すことにした。

　善は急げということで、早速取りかかることにしよう。とりあえず、国というものは万が一王家が途絶えてしまった際の保険として、王族と縁を繋いだ公や候といった高位貴族がいるはずだ。セオドールに確認してみると、彼は平然とこう言った。

「高位貴族？　あぁ、いるぞ。全部牢屋《ろうや》の中だけどな」

　つまりは国王と一緒に私腹を肥《こ》やしたということか。

　よくよく話を聞いてみると、王族と縁が深い高位貴族のことごとくが今代王にによって処刑され、残っているのはエシウス王におもねることで地位を手に入れた者たちだけだという。

　セラフィーナはさっそく心が折れそうになったが、もしかしたら、彼らの中に健全な国政をと努力していた者がいたかもしれない。一縷《いちる》の望みを無理矢理持って、ひとりひとりと面談を行うことにした。

　のだが――

「か弱き女王など不要！　この世は強さこそが正義！」

　とのたまう脳筋や、

「どうか、どうか命だけはお助けを！　お金ならいくらでも差しだしますので！　あぁ、陛下は男の方がよろしいでしょうか、我が屋敷には選《よ》りすぐりの男娼《だんしょう》が――」

と、見苦しい命乞《いのちご》いをしてルーファスによって強制的に口を閉ざされた人や、

「ふん。亜種の女王よ、とうとう本性を現したか。傭兵《ようへい》派遣などといいながら、実際は領地拡大のチャンスを狙っておったのだろう」

などと、的外《まとはず》れな陰謀《いんぼう》を鼻高々に説《と》いてみせたうえ、最後には「私を使ってみたいと思わんか」と自分を売り込み出す自意識過剰《かじょう》野郎しかいなかった。

「まさかの全滅なんて……この国はどうやって保たれていたの!?」

部屋に戻るなり、セラフィーナが頭を抱えて叫ぶ。湯気を立てるカップに息を吹きかけていたセオドールが、「少なくとも、王都周辺の秩序を守っていたのは俺たちだな」と答えた。

アグネスからカップを受け取ったエリオットが、紅茶の香りを楽しみながらうなずく。

「調べたところによると、下っ端の文官はまともみたいだよ。ま、できることなんて限られているから、最低限国として運営できていた、という程度だけど」

最低限だとしても、今日までこの国が瓦解《がかい》せずに済んだのは彼らのおかげだ。

セオドールたちルーベルの騎士が秩序を守ったというのも本当だろう。でなければ、街の人々があんなにも支持しない。

脆弱な女王を敬愛するだけあって、ルーベル国民は弱者を虐《しいた》げることを極端に嫌う。結果、

エシウスの騎士に代わって王都を守るという矛盾《むじゅん》を生んだ。

とはいえ、ルーベルがエシウスを併呑《へいどん》、または属国とするつもりがない以上、国王の座に誰かを据えなければならない。

両手をおろしたセラフィーナは、テーブルに並ぶ紅茶とパンケーキの誘惑を振り払い、セオドールへと顔を向ける。と、彼がおいしそうにケーキを頬張っていたので、やっぱりセラフィーナもいただくことにした。

薄く焼いて四つに折ったパンケーキを頬張る。ふりかけてあった粉砂糖の甘みと、レモンの香りが広がった。けれども生地のおいしさは損《そこ》なわれず、卵の甘みが最後に残る。続いて紅茶を口に含めば、ほどよい苦みと茶葉の香りがすすけた心を癒《いや》してくれた。

この二日間、日持ちがして持ち運びやすいクッキーばかりをお茶菓子にしていたので、シンプルなパンケーキがなおさらおいしく感じた。

「お兄様。この国の秩序を守ってきたあなたから見て、この方なら国を任せられるという方はいませんか？」

頑張る気力を補充したセラフィーナは、改めて兄へと問いかける。すでにパンケーキを完食していたセオドールは、布巾で口元をぬぐいながら首を傾《かし》げた。しばしそのまま逡巡《しゅんじゅん》したかと思うと、傾きを戻して「いるぞ」と答えた。

「伯爵家だけどな。アレクセイという男は、なかなかの度量を持っている」

「アレクセイ……城の牢屋にはいませんでしたよね？」

「王都にいないからな」と、セオドールはショートブレッドを口に放り込んだ。

「もともとは近衛《このえ》である第一騎士団でそれなりの地位についていたんだが、バカ真面目《まじめ》で融通《ゆうずう》が利《き》かない性格を国王たちに煙たがられて王都から追い払われたんだ。いまは郊外の治安維持を担当する、第五騎士団の団長を務めている」

「国王に煙たがられるなんて、有望だわ」

　セラフィーナが目を輝かせると、セオドールがにやりと笑った。

「王族を守護する第一騎士団が貴族で固められているのに対して、郊外を任務地とする第五騎士団は、腕に覚えがあるだけで他はいろいろと足りない者の集まりだった。そんな集団に貴族が放り込まれれば、苦労するのは目に見えている」

「国王と貴族のせいで国民が苦しんでいるだけに、騎士たちからさぞやきつく当たられたんじゃない？」

「嘆《なげ》かわしい。貴族であろうとなかろうと、騎士であることに変わりはないというのに」

「いや、それ、ルーベル国だけだから。ニギールの騎士団でも貴族とそれ以外では溝《みぞ》が深いぞ」

ため息とともに頭を振るルーファスを、ハウエルが残念そうに見つめた。

「ところがどっこい、アレクセイという男は部下の騎士たちときちんと向き合い、話し合ったんだよ」

「肉体言語で？」とエリオットが茶化すと、「そう、それ！」とセオドールは指さして肯定した。

「肉体言語ばかりとは言わないけどな、とにかくアレクセイはならず者の騎士たちと向き合い、彼らに騎士としての秩序を教え、守らせ、自らも実践《じっせん》してみせたんだ。清く正しく、任務をまっとうする姿に、いつしか騎士たちだけでなく国民からも支持を集めた。俺たちルーベル騎士団が王都周辺の救世主なら、あいつは郊外の国民にとっての守護神だな」

「じゃあ、アレクセイを国王にすれば……」

「万事うまくいくとは思うが、ひとつ問題がある。アレクセイは第五騎士団団長として郊外では有名だが、王都周辺ではまったく知られていない。実家の爵位も伯爵と、低くはないが王位を継げるほど高くもない。あいつを国王にするならば、なにか箔《はく》をつける必要がある」

　せめてアレクセイが公か侯の位を持つ家に生まれていたら――いまごろ牢に入っていたかも知れないので、深く考えないことにした。育った環境というのは、人格形成する上で多大なる影響を与えるものだ。

「箔、かぁ……」

　箔をつけるとは、具体的になにをするべきなのだろう。知名度を上げるということだから、なにか華々しい成果を王都であげさせるとか。

　華々しい成果、華々しい成果、華々しい……

「あ、そうだ。牢屋に放り込んである国王たちに私を誘拐《ゆうかい》させて、アレクセイに救出させる――は、さすがに荒唐無稽《こうとうむけい》すぎるか」

自分で言い出しておきながら、セラフィーナは声をあげて笑った。

しかし、他の面々は押し黙っている。どうしたのかと目を瞬いていると、エリオットがぽつりとつぶやいた。

「……いや、それ、ありじゃないかな」

「そうだな、ありだ。セラフィーナはルーベルの次期女王。この国で一番身分が高い。それを救出したとあれば、これ以上の泊はないだろう。助けられたことでアレクセイのことを知ったセラフィーナが、彼の人となりに感銘《かんめい》を受けてエシウス国王に任命した……うん。いい筋書だ」

顎《あご》に手を添え、脳内で筋書きをたどったらしいセオドールが、満足げにうなずいた。

「ですが、そんなにうまくことが運びますか？」

眉根《まゆね》を寄せるアグネスに、「大丈夫だと思う」と答えたのはハウエルだった。

「ルーベルへ送ってきた書状から考えるに、すごくプライドが高そうだから、絶対にセオドール様へ仕返ししようとすると思うんだ。となると、セオドール様がなによりも大切にしているもの――殿下を狙ってくるよね。しかも殿下は、ここにいる誰よりも弱い。狙わない手はない」

「私は反対だ」

セラフィーナの案に皆が賛同する中で、唯一、ルーファスだけは異《い》を唱《とな》えた。

眉をひそめ、唇をひき結んだ彼は、不安げに瞳を揺らしながら頭を振った。

「たとえ仕組んだことであっても、殿下を危険にさらしたくなどない」

「危険なんてないよ。僕たちがつかず離れず見張っていればいいんだし」

「それでも、私は反対だ。殿下には一瞬であろうと恐ろしい思いはしてほしくない！」

ルーファスが声を荒らげるのは珍しい。さすがのエリオットも戸惑い、なんと声をかければいいのか迷っていた。

セラフィーナとしても、自分を囮《おとり》にと言い出したときから、ルーファスがいやがりそうだな、と思っていた。けれども、ここまで強く反対するとは予想外だった。

気まずい沈黙が部屋を支配する中、セラフィーナは立ち上がり、ルーファスのそばまで歩いた。いつもなら忠犬のように見つめている金の瞳が、いまはふせられている。きっと、自分がわがままを言っていると自覚しているのだろう。

叱られるのを待つ子供みたいなルーファスの両手に、セラフィーナは自らの手を重ねた。

「ありがとう、ルーファス。いつだって、私のことを第一に考えてくれて」

はっと顔を上げた金色の瞳をのぞき込み、「でもね」と続けた。

「私は、自分だけが安全なところで笑っているのはいやなの。私は、女王だから。守られるだけじゃなくて、守れるようになりたいの」

女王になると覚悟したときから、セラフィーナは彼らの重たい忠誠を受け止めると決めていた。だからこそ、女王愛ゆえに起こった今回の騒動に、己の全身全霊をかけて立ち向かうのだ。

揺るがぬ決意を知ったルーファスの金色の瞳が失意に染まる。拒絶されたと落ち込む彼を安心させるため、セラフィーナはその両頬を手で包んだ。

「だからね、私は囮になるわ。怖い思いはするかも知れない。でも、あなたたちが必ず守ってくれると信じているから。大丈夫、立ち向かえるわ」

「殿下……」

唇を噛《か》みしめたルーファスは、セラフィーナの腰に腕を回し、座った格好のまま抱きついた。

「あなたの信頼を、決して裏切りません。必ず、あなたを守り通します」

「ええ、信じているわ」

腹に埋まる頭を見下ろし、ほほえみを浮かべたセラフィーナは、肥沃《ひよく》な大地に似た彼の髪を指ですいた。

ルーファスが落ち着くのを待って、具体的な計画を立て始めた。

まず、郊外で任務に就いている第五騎士団を王都へ呼び寄せなければならない。しかし、ルーベルの騎士がエシウス国王を拘束《こうそく》して王都を掌握《しょうあく》したという状態なので、アレクセイが素直に応じてくれるのか、見当がつかなかった。最悪、王都奪還に乗り出してくる可能性もある。

危惧《きぐ》していたが、アレクセイから届いた書状には彼の恭順《きょうじゅん》の意と、長い圧政で疲れ果てたエシウスの民にどうか慈悲《じひ》を、という嘆願《たんがん》が記されていた。

国民の現状把握《はあく》と今後の方針決定のためにも、一度王都へ戻って来いとアレクセイに指示を出したところで、次はエシウス国王だ。

エシウス国王の他に誰を牢から逃がすか議論した結果、面談の際、セラフィーナに暴言を吐いた脳筋貴族を解放することにした。

セオドール曰《いわ》く、エシウス国王も彼らに勝るとも劣らぬ脳筋の持ち主だそうで、彼らが集まったところで、後先考えずに感情のままに動くだけだから問題ないという。

しかし、いくらなんでもセラフィーナを誘拐しようと考えるだろうか。

せっかく牢から抜け出せたのだから、報復など考えずに逃げようと思うのではないか。戦略的撤退《てったい》という言葉があるように、いったん引き下がって態勢を調えたのち、反撃に出ようと考えるものだろう。

セラフィーナが言い出したことだが、この計画は失敗するだろうな、と――

「思っていたときもありました」

真っ暗な森の中で、セラフィーナは自分の口元だけでぼやく。

まん丸の見事な満月が夜空の中心から遠のいた深夜。普段ならベッドですやすや眠っているような時間に、セラフィーナは城の裏、湖の向こう側に広がる森の中にいた。

もちろん、ひとりではない。

「ふっふっふっ……いまごろ女王の犬どもはあわてているだろうな！」

逃げている最中だというのに、胸を張って高らかに宣言するエシウス国王が一緒だった。

「さすがです、陛下！　ルーベルの女王を誘拐しようだなんて、逃げのびることしか考えていなかった我々には思いもつきませんでした」

そして、ルーファスたちと相談して選んだ、脳筋貴族たちも一緒である。

言わずもがな、計画通りにセラフィーナは誘拐されていた。縄で拘束され、口には猿ぐつわを嚙まされている。

同じ牢屋に放り込まれていたエシウス国王と愉快な仲間たち（もちろんわざと）は、見張りの騎士が牢屋の格子《こうし》にもたれて居眠り（狸寝入り）を始めたことに気づき、（あえて）腰紐《こしひも》にさげていた鍵束《かぎたば》を盗んで見事牢から抜け出したのだ。

晴れて自由の身となったエシウス国王は、裏切り者であるセオドールをなんとしてもぎゃふんと言わせてやりたいと思い、彼が最も大切にするもの――セラフィーナを誘拐したのだ。

「これほど簡単に女王を誘拐できるとは。亜種《あしゅ》など、さほど恐ろしくないな」

いや、こちらが誘拐するよう仕向けてますから。じゃなきゃセラフィーナのベッドのそばにロープなんて不必要なものを置いたりしません。

「我々が牢に閉じ込められているからと安心して、ほとんど見張りがおりませんでしたからな。自らの力を過信しすぎて警戒を怠《おこた》っているのでしょう」

いやいや、逃げやすいよう見張りの数を減らしただけですから。

「しかも、見張りを避けているうちに女王の部屋にたどり着けたうえ、部屋の前に立つ騎士は居眠りをしている。ルーベルの騎士の程度が知れますなぁ」

いやいやいやいや、気づこう！　それ明らかに誘導されているじゃないですか。さすがに気づこう！

セラフィーナの心の叫びが届くはずもなく、エシウス国王と愉快な仲間たちは「がっはっはっ」と盛大に笑った。

追われる身なのだから、もう少し忍んではどうだろうか。こんなにもわかりやすくお膳立《ぜんだ》てされているというのに、疑わないどころか、すでに勝った気でいる。彼らの間抜けさに、セラフィーナは頭痛がした。

ちなみに、逃走経路に森を使うことも想定内である。おそらくは少し離れた場所からルーファスたちが見張っているだろう。

そして、別働隊がアレクセイを連れてくるはず――

「お前たち、そこでなにをしている！」

噂《うわさ》をすればなんとやら。アレクセイが現れたようだ。怒号とともに、木々の影から武器を構えた男たちが現れる。

追われていることをやっと思い出したのか、国王と愉快な仲間たちは見るからに慌てだした。

しかし、自分たちを取り囲んだ騎士たちが、黒を基調とした騎士服を纏《まと》うエシウスの騎士とわかるなり、目を輝かせて醜悪《しゅうあく》に笑った。

「おぉっ！　お前たち、私を救い出しに来てくれたのだな！　よくぞ参った。さぁ、安全なところまで私を連れて行け」

エシウス国王は両手を広げて騎士たちのもとへ歩き出した。が、取り囲む騎士が一歩踏み出して構える武器を突きつけたため、足を止めた。

「なっ……私はこの国の王ぞ！　無礼者！　お前たちは私を守るためにいるのだろうが！」

武器を突きつけられて青くしていた顔を、今度は真っ赤に染めて、エシウス国王は怒鳴る。

すると、人混みの奥から「わかっております」という落ち着いた声が届いた。

その声を合図に、国王の前に立つ騎士が武器を構えたまま左右に分かれた。できあがった道を、ひとりの男性が歩いてくる。

青銀の長い髪を高い位置でひとつにまとめ、切れ長の目は神経質にも見える。他の騎士たちと同じ黒を基調とした騎士服だが、肩や首もと、袖口《そでぐち》の凝《こ》った装飾や、マントを羽織《はお》っていることから、彼こそが騎士たちを率《ひき》いる隊長——アレクセイだろう。

「陛下、あなたをルーベル女王陛下誘拐犯として拘束します」

「なにを言うておる⁉　ルーベルは私を不当に拘束し、この国を奪おうとしておるのだぞ⁉　エシウスの騎士なら、国を守るために戦え！　国王たる私を守らぬか！」

「黙れ！」

わめき散らすエシウス国王を踏みつぶす勢いの怒号が響く。まるで雷だ。あまりの迫力に、エシウス国王さえも口を閉ざした。

黒に近い青い瞳を細めたアレクセイは、腰に下げる剣を抜くなり、エシウス国王の眼前に突きつけた。

「あなたは、国王という地位にありながら、その役割を放棄して、守るべき民をないがしろにし、自らの欲望のために国庫を食い荒らした。さらに、我々エシウスの民を哀れみ、あなたの悪政を終わらせてくれた、ルーベルの女王を誘拐した」

身の内に渦巻《うずま》く怒りを必死に抑えているためか、はたまた、国王と愉快な仲間たちにも理解できるようにという配慮《はいりょ》からか、アレクセイはことさらゆっくり告げた。

たたらを踏んでセラフィーナのそばまで下がってきたエシウス国王は、目を血走らせて怒鳴った。

「うぅ、うるさい！　この裏切り者め。祖国をルーベルの化け物どもに渡し、この国を滅ぼすつもりか！」

ルーベルの、化け物？

セラフィーナの目が、大きく見開いた。

「ルーベルの介入がなくとも、この国はいずれ滅んだでしょう。それすらわからないとは……あなたと一部の貴族の享楽《きょうらく》のために、なんの罪もない民が苦しむ国など、滅べばいい！」

「だまれえぇぇっ！」

すべてを拒絶するように、エシウス国王が叫んだ。そして、足下で転がるセラフィーナの腕をつかんで引き寄せると、細い首に腕を回し、力をこめた。

「近づくな！　この女がどうなっても知らんぞ！」

セラフィーナを助けるために動こうとする騎士たちを、エシウス国王が牽制《けんせい》する。

ちなみに、国王と愉快な仲間たちは皆丸腰である。間違っても彼らに武器が渡らないよう、細心の注意が払われていた。

とはいえ、首に腕を回されれば息が詰まって苦しい。セラフィーナは小さくうめいた。

「この、卑怯者《ひきょうもの》！　そのお方はルーベルの女王だぞ。なにかあれば、お前の命どころか、この国さえも滅ぼされるかもしれない。いますぐその汚い手をどけろ！」

鬼気迫るアレクセイの声を聞きながら、セラフィーナは、いくら女王愛が重たい国民性でも、さすがに国ひとつ潰すなんて――ありえる、と思ってぞっとした。

顔色が悪くなったセラフィーナを見て、呼吸ができていないと勘違いしたらしいアレクセイが、悔しそうに歯を食いしばる。

彼の迷いを感じ取ったエシウス国王が、下品に笑った。

「はっはっはっ、道を空けろ、アレクセイ！　この女になにかあれば、ルーベルの化け物どもが黙っていないのだろう？　であれば、私を逃がすしかあるまい」

唇の端をつり上げ、歯をむき出しにして笑うエシウス国王。ここで彼に斬《き》りつけようとすれば、セラフィーナも無事では済まないだろうと判断したアレクセイは、怒りで震える剣の切っ先を、ゆっくりおろし——

　風切り音が聞こえる、と思った次の瞬間、ガスッというなにかがぶつかる音と、後ろからの衝撃に襲われた。

「ぐほぉっ！」

　エシウス国王が生々しい悲鳴を上げて、軽く前へ吹っ飛んだ。当然のことながら、彼の拘束から自由になったセラフィーナは、その場に倒れるように座り込む。

　吹っ飛んだ勢いそのままに倒れたエシウス国王は、うつぶせになってぴくりとも動かない。

　この場に居合わせた全員が呆然《ぼうぜん》と国王の背中を見つめ、異様なほど静まりかえるなか、最初に我に返ったのはアレクセイだった。

「……か、確保おぉおっ！」

　アレクセイの気迫の指示で、我に返った騎士たちが一斉に動き出す。愉快な仲間たちも抵抗しようとしたが、武器を持った騎士を相手に敵《かな》うはずもなく、早々にお縄となった。

「陛下、お怪我《けが》はありませんか!?」

　騎士に支えられ、身体《からだ》を拘束する縄と口をふさぐ猿ぐつわを外されたセラフィーナのもとへ、アレクセイが駆けつけた。

彼の手を借りて立ちあがったセラフィーナは、アレクセイに礼を言うでもなく横を通り過ぎた。他の騎士に見向きもせず、進む先はエシウス国王の前。

縄で縛られたことでやっと意識を取り戻したものの、まだもうろうとするのか座り込んだままのエシウス国王を見下ろして、セラフィーナは息を吸った。

「私の民は、化け物などではありません！」

腹の底から、たたきつけるように宣言する。

小さな身体から想像もつかない強い声に、エシウス国王はおろか、アレクセイや騎士、愉快な仲間たちも啞然《あぜん》と動きを止めた。

間抜け面《づら》でこちらを見上げるエシウス国王をすがめた目で見下ろし、セラフィーナは続ける。

「ルーベル国民は少々……いや、ずいぶんと女王愛が重たいですが、おおらかで情に厚く、か弱いものを守らずにはいられない、そんなすてきな方々なのです！」

人間と比べて、ルーベル国民は遥《はる》かに強靱《きょうじん》な肉体を持っている。人間が自分たちに対して恐怖心を抱いてしまうのは仕方がないことだろう。

けれど、彼らは自らの強さにおごり高ぶらず、無意味に他国と敵対せず、むしろ各国の傭兵《ようへい》として弱き者を守ってきた。

化け物と罵《ののし》られるいわれはない。

セラフィーナの胸中を怒りが渦巻《うずま》く。なんとかこれを発散できないだろうかと、両手をきつく握りしめていたら、背後から声が放たれた。

「殿下、これを！」

振り向くと、なにかがこちらへ飛んでくるのが見えた。思わず受け取れば、それは丸くまとめられた鞭《むち》――アグネスがエプロンの下に隠し持っていたものだった。

セラフィーナは鞭を扱ったことなどない。にもかかわらず、なぜだか身体が勝手に動き出した。丸めた鞭をほどき、頭上で大きく回転させてから振り下ろす。

鋭い音を響かせて、鞭の先端がエシウス国王の足下の地面を抉《えぐ》った。

顔色をなくしたエシウス国王が、ぷるぷると身を震わせながらこちらを見上げるのを、セラフィーナは不気味なほど静かな眼差《まなざ》しで見つめた。

「ルーベルの民が私を慈《いつく》しむように、私も彼らを愛しております。今後一切、わたくしの目の前で彼らを侮辱《ぶじょく》することは許しません！」

「よろしいですね」と念を押しながら両手に持った鞭を左右に引っ張る。高い音が夜の森をこだまし、「はい」という簡潔な答えが、国王のみならずその場にいた全員（アレクセイと騎士を含む）の口から発せられたのだった。


引っ立てられていく国王と愉快な仲間たちを見送っていると、ふと、隣に立つアレクセイが後ろを振り返った。セラフィーナもつられて振り向いてみれば、ルーファスとエリオット、ハウエルにアグネスが立っていた。

「殿下、ご無事ですか？　どこか怪我をしたり、気分が悪くなったりなどしておりませんか？」

ルーファスはセラフィーナの返事も待たず、どこかおかしなところはないかと身体中を見て回る。相変わらず女王愛がすさまじいなと半ば呆《あき》れていたら、手に持つ鞭を誰かが取り上げた。

「お疲れ様です、殿下。見事な鞭さばきでしたわ」

艶《あで》やかに微笑《ほほえ》んだアグネスは、預かった鞭を手際《てぎわ》よく片付けた。

「アグネス、鞭を貸してくれてありがとう」

「いえ、主に必要なものを的確に差しだすことも、侍女《じじょ》の務めですわ」

なるほど確かに、鞭を手に持った瞬間のセラフィーナは、これを求めていた！　と思った――が、いまになって思い返してみると複雑な気分になるのはなぜだろう。

深く考えたらつらくなりそうな気がしたので、もう流すことにした。

アレクセイが、ルーファスに向けて問いを投げかける。

「女王陛下が人質となったとき、国王の頭になにかを投げつけたのは、あなたか？」

「そうだ。殿下を危険にさらすなど、私にはできないからな。落ちていた枝を投げた」

なにがぶつかったのか見分けがつかなかったことから、おそらくは小さな枝だったのだろう。

それが当たって、あんなにすごい音がするのか。

ついつい想像してしまい、セラフィーナの後頭部がちくちくした。

「そうか、感謝する。だが、そばで見守っていたのなら、なぜ出てこなかった？」

当然の問いに、誰も答えようとしない。しかし、それがアレクセイにひとつの可能性を導かせた。

「……まさか、今回の逃亡事件は、あなたたちが仕組んだことか？　最も大切にする女王を危険にさらしてまで、いったいなにをしようとしている？」

厳しい表情で一歩前に出たアレクセイを、エリオットが「まぁまぁ」と軽くなだめる。

「そんなこと、いま説明しなくとも後でわかるからいいだろう。それよりもいまは、殿下を安全なところで休ませてあげたい」

「そうだね。たとえ今回のことが仕組まれたことだとしても、殿下が縄で拘束《こうそく》されたあげく森の中を走らされたのは事実なのだから」

エリオットの提案に、ハウエルも賛成する。指摘されてセラフィーナの状況を思い出したのか、アレクセイは「気が利《き》かず申し訳ありません、女王陛下」と軽く頭を下げた。

「では、城まで私が運び――」

「ちょっと待った」

手を伸ばしてくるルーファスを、セラフィーナは止める。

「運ぶって、具体的にどうするの？」

「どうするとは、殿下を抱きあげます」

「その後は？」

「ぽんとひとっ跳びで――」

「はい、却下《きやつか》。アレクセイを置いていくつもり？　私ならそれほど疲れていないから、みんなで歩きましょう。夜の湖を見てみたいわ」

というのは嘘である。ただ単に、抱きあげられた状態で跳びあがってほしくないだけだ。

ルーファスは不満そう、というよりさみしそうな顔をしたが、一応は納得する。

「わかりました。ですがせめて、殿下のエスコートをさせてください」

そう言って差しだされた手を、セラフィーナが取ろうとした、そのときだった。

「キエエエエエッ！」

甲高《かんだか》い、鳥の鳴き声に似た、それにしては大きすぎる声が響いた。離れたところで、木が大きく揺れる音がする。

「あれ！」

ハウエルが声を上げ、空を指さす。見上げれば、満月が輝く夜空に、一羽の鳥が羽ばたいていた。

それがただの鳥ではないと、一目でわかった。

なぜなら、木々の間からのぞく夜空を埋め尽くすほど、現れた鳥は巨大だったから。

空高くを飛んでいるというのに羽ばたく音がここまで聞こえてくる。鷲《わし》に似た太いくちばし、翼は茶色く、胸の辺りは白い。木の幹をわしづかめそうな脚には、鋭い爪が生えていた。

「あれはまさか……巨鳥⁉　実在していたのか⁉」

アレクセイが驚き叫ぶ。巨鳥といえば、エシウスへ向かう道すがら、ハウエルが話してくれたことだった。

あのときは、なんと安直な名前だろう、おとぎ話らしく仰々《ぎょうぎょう》しい名前でも付ければいいのにと笑っていたが、まさか実在して、しかもセラフィーナたちの前に姿を現すだなんて。

巨鳥が、羽ばたきをやめる。大きく翼を広げた格好で急降下してきて、このままぶつかる気かと身構えたそのとき、木々にぶつかる直前で、羽ばたいた。

「きゃっ……」

巨大な鳥の羽ばたきは旋風を巻き起こし、ルーファスたちは吹き飛ばされないよう踏ん張った。

セラフィーナは尻餅《しりもち》をつき、もう一度羽ばたいて起こった突風で、身体が宙に浮く。

「殿下！」

焦った顔のルーファスが手を伸ばしたが、目線の高さまで浮き上がったセラフィーナを、巨大な鳥の脚がつかみ取った。

捕まった、と思った次の瞬間には、巨大な鳥は高く飛び上がる。

かった。


「いやあああぁぁぁっ！」

「殿下ぁ！」

ルーファスの跳躍とは比べものにならない高さに、セラフィーナはただただ叫ぶしかできなかった。


どれくらい経ったのだろう。

エシウス城の湖が小さな水たまりに見えるほどの高さを、巨大な鳥はセラフィーナを片脚に飛んでいく。湖の奥の森はとても広大で、なかなか果てが見えない。

ずっと叫び続け、体力を使い果たして意識が遠のきかけた頃、森はいつしかなだらかな山に繋《つな》がって、低い稜線《りょうせん》が近づいてきた。と、そのとき、巨大な鳥が前傾姿勢をとる——つまりは急降下を始めた。

「ひぃぃっ……ぇぇぇぇぇぇぇぇぇぇっ！」

ありえないほど強い浮遊感に、嗄《か》れたと思っていた悲鳴が上がる。ぐんぐん山が近づき、木々の間をうまくくぐり抜けると、むきだしの崖《がけ》が現れた。

崖の根元まで降りてくると、巨鳥が羽ばたいてふわりと降り立った。セラフィーナをつかんでいるため、片脚跳びで器用に進んでいけば、斜面に大きな洞穴《ほらあな》が空いていた。

巨鳥は迷わず洞穴の中に入る。そこは巨鳥の巣なのか、奥に枯れ草がこんもりと盛ってあった。その上に、セラフィーナをおろす。

見た目と違って柔らかい草の感触を楽しむ余裕などなく、自由になったセラフィーナは巨鳥から離れようとして、手足に力が入らずその場にへたり込んだ。

このままでは食べられてしまう。そう思うのに、手足が震えて動かすことすらできない。

「キエェッ、クエ」

号令のように短く、その後子供をあやすような優しい声音《こわね》で鳴いたかと思えば、巨鳥は背を向けた。

なぜ背を向けたのかわからず、セラフィーナがぽかんとしていると、巨鳥はぴょんぴょんと軽い足取りで洞穴から出て行ってしまった。

巨鳥が羽ばたく音が聞こえ、洞穴にまで風がそよいでくる。どこかへ飛んでいったのか、やがて風は収まった。

「……えっと、とりあえず……助かったの？」

ほっとした途端、セラフィーナはその場にくずおれた。

しかし、このまま倒れている場合ではない。巨鳥が戻ってくる前に、なんとかここから逃げ出さなければ。

セラフィーナは手足の震えが治まるのを待って、行動に移すことにした。きっといまごろ、ルーファスたちが自分を必死に探しているはずだ。安全を確保するためにも、まずはこの巣から抜けだそう。

枯れ草の上を這《は》い、転げるように地面に落ちたセラフィーナは、壁に手をついてなんとか起き上がる。まだまだ違和感の残る脚を必死に動かしながら洞穴から抜け出してみれば、木々が生い茂る森が広がっていた。洞穴の前は拓《ひら》けており月明かりが差し込んで辺りの様子がわかるけれど、木々の向こうは真っ暗でなにもわからない。

風が吹いているのか、暗闇がうごめいているように見えた。まるで暗闇そのものが生きているみたいな錯覚《さっかく》を覚え、足がすくむ。

しかし、ここで怖じ気づいている間に巨鳥が帰ってきたら、それこそ一巻の終わりだ。

ありったけの勇気をかき集めて、セラフィーナは森の闇の中へ脚を踏み入れた。

森に入ってしまえば、目が慣れたのかある程度見通しがきいた。それでも、暗くかすんで見えづらい。せいぜい、めいっぱい手を伸ばして触れられる木の向こう側までしか見えなかった。

どちらへ向かえばいいのかもわからないため、洞穴の出口から見てまっすぐ進む。真夜中だからだろうか、生き物の気配がしなかった。森は不気味なほど静まりかえり、聞こえるのはかき分ける草の音だけ。

ふと、視線を感じてセラフィーナは後ろを振り向いた。

誰もいない。底の見えない深い谷のような暗闇が広がるだけだった。

不思議に思いながらも、セラフィーナは歩を進める。やはり視線を感じながらしばし歩いたところで、かさ……と、草をかき分ける音が聞こえた。

「誰？　誰かいるの⁉」

足がすくむほどの恐怖をはじくように、セラフィーナは大声を発しながら振り返る。

羽ばたく音が聞こえなかったから、巨鳥ではないはずだ。だからといって、ルーファスたちが駆けつけてくれたなんて甘いことは考えない。

闇の奥に、きらりとなにかが光る。視線を向ければ、対《つい》の光とかち合った。

腰の高さより低い位置に現れた対の光を見て、セラフィーナはそれが獣だと直感する。と同時に、恐怖のあまり背を向けて駆けだした。

背後で無数の草をかき分ける音が聞こえる。一匹ではなく群れだったらしい。犬に似た吠え声が聞こえたので、オオカミの群れだろう。

後ろを確認することもなく、セラフィーナはひたすら走り続ける。なぜだか自分の荒い呼吸ばかりが耳についた。

不意に、前方に光るものが見えた。気づくなり走る方向を横へずらす。真横を、大口を開けたオオカミが駆け抜けた。辛《から》くも避けたが、木の根に脚を取られてセラフィーナは転げた。

日頃の鍛錬《たんれん》の成果か、火事場の馬鹿力か、セラフィーナは前転の要領で受け身をとり、すぐに起き上がる。

しかし、闇の中で四方八方に浮かぶ対の光を見て、すでに包囲されていることを嫌でも悟った。

オオカミのうなり声が方々から聞こえる。最弱比べで犬一匹にすら手も足も出なかったというのに、群れを相手になにができるというのか。

このまま、オオカミのえさになってしまうのか。

嫌な結末に泣きそうになりながら、ふと考える。

自分が死んでしまったら、ルーファスをはじめとしたルーベルの民はどうなるだろう。

悲しむだろうことは予想できる。

母が亡くなったときも国中が嘆《なげ》き悲しみ、誰も彼もが仕事も手につかず泣きくれて、しばらく国中のあらゆる機能が停止したという。もちろん、傭兵《ようへい》として派遣されていた騎士たちも同じ有様だった。国が崩壊しなかったのは、他国から移り住んでいた人達が必死に頑張ったからだ。

では、悲しんだ後は？

母の場合、産後の経過が悪くて命を落とした。セラフィーナという次代の女王を産んだがために命を散らしたのだ。悲しみと同時に、次代への希望も残っている。

しかし、今回の場合は？

セラフィーナはまだ、次代の女王を産み落としていない。たとえここで自分が死んだとしても、王家に連なる女性の誰かに王華《おうか》が現れ、その人が次代の女王を産むのだろう。女王が途絶えることはない。

だが、一時的に、ルーベル国民は女王を失うことになる。次代の女王という希望すらいまだ手に入れないままに、心の支えともいえる女王を失うのだ。その瞬間の国民の嘆きは、どれほどのものになるのか。

悲しんで悲しんで悲しんで、ぶつけどころのない悲しみはいつしか――怒りに変わるのではないか。

女王が命を落とした原因――エシウス国に対する怒りに。

たとえそれが、セラフィーナが言い出した計画の末のことであっても、命を奪ったのが森に自生するオオカミであっても関係ない。

エシウスで命を落とした、ということに意味がある。それだけで、ルーベル国民はこの国に憎悪《ぞうお》を向ける。そして感情のままに、ルーベル国民は攻め上がるだろう。彼らを止める女王は、もういないのだから。

愚王《ぐおう》によって苦しんできたエシウスの民が、理不尽な理由で命を落とすかもしれない――思い至った未来に、セラフィーナは震え上がった。正直、この現状よりも怖い。ものすごく怖い。

果たしてエシウスを滅ぼすだけで事態は収まるのだろうか。女王愛を理解できない周辺国が批難しようものなら、悲しみを否定されて怒ったルーベル国民が他国に攻め入り、泥沼の戦い、のち世界滅亡――どうしよう。笑えない。ありえそうで笑えない。

なんということだ。この世の中には、死より恐ろしいことがあった。

新しい恐怖は、セラフィーナに現状へ立ち向かう勇気をもたらした。

辺りを素早く見渡し、武器になりそうな枝を拾い上げる。セラフィーナはルーベル最弱の女王だが、ハウエル曰《いわ》く、亜種《あしゅ》であるため他国の人間よりは幾分か身体能力が高いらしい。

絶望的なこの状況だって、きっと覆《くつがえ》せる。

「さあ来いっ、オオカミども！」

気合いの声を上げれば、オオカミが身をかがめた。次の瞬間、右側のオオカミが跳びかかってくる。

あえて前へ転がることで宙を跳ぶオオカミの真下をくぐり抜ける。休む間もなく次のオオカミが襲いかかってきたので、近づいてくる鼻頭《はながしら》に枝をたたきつけた。

「キャウン！」

反撃されたオオカミが悲鳴を上げて後ろへ下がる。これで他のオオカミもひるんでくれれば、と思ったが、むしろ怒らせてしまったらしい。うなり声がいっそう低く強くなった。

枝を構えたまま、セラフィーナは後ずさる。ひりひりと痛いほどの殺気を初めて感じた。

それでも、ここで負けるわけにはいかない。

「私はルーベルの女王として、みんなを守る義務があるのよ！　だから、お前たちなんかに負けるものですか！」

跳びかかってくるオオカミへ向けて、セラフィーナはありったけの大声を出して枝を振り上げる。

眉間《みけん》めがけて振り下ろそうとした腕が、衝撃とともに横へずれる。手に持つ枝に、横から跳んできたオオカミが噛《か》みついたのだ。

思わぬ介入にバランスを崩したセラフィーナは、上半身をひねった格好で、前へと倒れる。

すぐに起き上がって、見えたのは、大きく開いた口——

「ギャウン！」

眼前に迫っていたオオカミの頭が、真横へ吹っ飛んでいく。次いで視界を埋め尽くしたのは、赤——ルーベルの騎士服だった。

「去れ、獣。お前たちごときが傷つけていい相手ではない」

視線を持ち上げれば、暖かな大地の色を纏《まと》う髪が映る。

ルーファスが、セラフィーナを背中にかばって立っていた。オオカミたちは、突然現れて仲間を吹っ飛ばしたルーファスに敵意をむき出しにしていたが、彼の尋常《じんじょう》ならざる雰囲気《ふんいき》にのまれたのだろう。次第にうなり声がしぼんでいき、最後はきゅんきゅんと情けない声を漏《も》らしながら去って行った。

助かった——理解した途端、セラフィーナの全身から力が抜け、その場にへたり込んだ。

「殿下！」

いつになく焦った声とともに振り返ったルーファスが、セラフィーナを抱きしめる。手加減のない、苦しいくらいの抱擁《ほうよう》が、彼の存在を実感させてくれる。

極限の緊張から解放されたからだろうか、次第に、セラフィーナの意識が白く――

「よかった……殿下が無事で。あなたになにかあったら……私はきっとこの森を焼き払っていたでしょう。それでもこの激情が収まる気がしない。この国もすべて焦土《しょうど》に変えても、きっと止まらない。あなたのいない世界なんて、存在しなければいいんだ」

ルーファスの語る未来予想図が恐ろしすぎて、意識が覚醒《かくせい》した。

まさかの世界を滅ぼします宣言である。うっかり気絶なんてしていられない。それだけで彼はこの森を焼き払いそうだ。

というか、セラフィーナになにかあったらとは、どこまでをさすのだろう。普通は命の危機を思い浮かべるが、命に別状はない怪我《けが》でも恐ろしいことになりそうな気がする。そしてそれは気のせいではない。

どうしよう。オオカミとやり合っているときに、膝をすりむいてしまった。

戦々恐々とするセラフィーナだったが、自分を包む温もりが震えていることに気づく。その途端、自ずとやるべきことがわかった。

「大丈夫よ、ルーファス。私はここにいるわ。あなたのおかげで、私は無事だった」

優しく語りかけながら、ルーファスの焦げ茶の髪を撫《な》でる。

「あなたの腕に戻ってきたわ。もう、私はどこにも行かない。だから、安心して」

セラフィーナの存在が、彼の全身に染み渡るように。

ルーファスが、安心できるように。

しばらく頭を撫で続けていると、やがてルーファスは力を緩《ゆる》めた。しかし、セラフィーナを解放するでもなく、腕の中に閉じ込めたまま、互いの額を合わせるようにして見つめ合った。

月の光を閉じ込めたような金色の瞳が、セラフィーナを見つめている。いまにも泣き出しそうな潤んだ瞳に、怖い思いをしたのは自分なのにと、苦笑が漏れた。

それが彼の心に響いたらしい。迷子の子供のような表情に、力が戻ってきた。

「私はあなたを守れましたか？」

「ええ、もちろんよ、ルーファス。ありがとう」

ねぎらいの言葉をかけると、ルーファスはほっと息を吐いて微笑《ほほえ》む。

母親にお手伝いを褒《ほ》められた子供のような、どこか面《おも》はゆい笑顔は、セラフィーナの母性本能をがっつり刺激した。思わず、彼の頭を両手で撫で回してしまった。

ルーファスの不安とセラフィーナの母性本能が落ち着いたところで、ふたりは立ちあがる。

彼の説明によると、現在ふたりは、エシウス城から馬車で半日ほどかかる位置にいるらしい。

「……そういえば、どうして私の居場所がわかったの？」

「匂《にお》いをたどってきました」

「…………」

またまた冗談を――とは、絶対に言えない空気だった。

なんとなく、セラフィーナは自分の匂いを嗅《か》いでみる。よかった、臭《くさ》くない。

気を取り直して、城へ戻ることにした。くたくたに疲れ切っていたセラフィーナは、なるべく高く跳ばないと約束させて、ルーファスに運んでもらう。何度目かの跳躍で森の中にぽっかりと丸く開いた空地が見え、エリオットたちが集まっているのを見つけた。

「殿下！」

ルーファスの腕から降りたセラフィーナを、アグネスが抱きしめる。つんけんとした態度が常だった彼女がこんなに取り乱すなんて、ずいぶんと心配させたみたいだ。

「もう、殿下……あんまり心配をかけないでよ」

そう言って、エリオットがセラフィーナの乱れた髪を撫でた。

「君は弱いんだからさ、おとなしく僕たちに守られていてよ」

痛みをこらえるように、エリオットは眉《まゆ》をひそめる。指先が震えていることに気づいたセラフィーナは、アグネスに抱きしめられた格好のままその手を取り、頬《ほお》に寄せて「ごめんなさい」と素直に謝った。

「殿下が謝ることじゃないよ。巨鳥の噂《うわさ》は把握《はあく》していたのに、油断していた俺たちが悪いんだ」

　エリオットの隣に立ったハウエルが、難しい顔でぼやく。セラフィーナから視線をそらす姿は、まるですねた子供のようだ。

　セラフィーナがもう一方の手を伸ばして、ルーファスに似た、灰色がかった焦げ茶の髪を撫でる。

　はっと顔を上げたハウエルは、唇を噛んでセラフィーナの手を取り、その存在をかみしめるように頬を寄せた。

「もう絶対に、あんたを危険な目になんか遭《あ》わせないから」

　いまにも泣き出しそうな声に、セラフィーナは「うん。信じてるよ」と答え、彼の乾いた頬を親指でぬぐった。

　落ち着いたアグネスがセラフィーナを解放し、改めて五人はエシウス王城へ戻ろうと——

「キエエエエッ！」

　甲高《かんだか》い鳴き声が聞こえ、はじかれたように空を仰《あお》げば、夜の闇の向こうから、巨鳥が急降下して現れた。

　すぐさまルーファスがセラフィーナを抱きしめ、エリオットとハウエルが前に、アグネスが後ろに立つ。

　瞬く間に近づいた巨鳥は、セラフィーナたちの頭上で羽ばたき、強風を巻き起こしながら地面に降り立った。

「クウ、クウッ」

周囲の緊張を裏切り、巨鳥は襲いかかってこなかった。何度かこもった鳴き声をあげ、地面に顔を近づける。鷲《わし》に似た丸く大きなくちばしを開ければ、ごろごろと、手のひらサイズの木の実がいくつも出てきた。

なぜ、巨鳥が木の実を持ってきたのか。意味がわからず呆然《ぼうぜん》とするセラフィーナたちへ、巨鳥は言った。

「クエ、クエ」

「……もしや、殿下に、食事を持ってきたのか？」

ルーファスが問いかけると、巨鳥は「ク、ク」と喉《のど》を鳴らしながら首を縦に振った。

まるで会話が成り立っているみたいだが、人と鳥の間で意思疎通《そつう》ができるなんて聞いたこともない。けれども、ルーファスは亜種返りだ。自分たちよりもずっと感覚が鋭い。もしかしたら、彼だけにわかるなにかがあるのかもしれない。

どうするべきかと迷うセラフィーナたちを放って、ルーファスはひとり、巨鳥のもとへと歩き出した。巨鳥は近づいてくるルーファスを警戒するでも攻撃するでもなく、黙って彼の目を見返す。

ひとりと一匹は、黙って見つめ合った。やがて、ルーファスは納得したように短く息を吐き、晴れやかな表情でこちらを振り返る。

「殿下、やはり、この木の実はあなたへの貢《みつ》ぎ物です。どうか、受け取ってください」

「え、貢ぎ物？」

なぜ、自分をさらった巨鳥から木の実をもらわなければならないのか。疑問に思ったが、受け取れというのなら、そうした方がいいのだろう。セラフィーナはおそるおそるといった体《てい》で近づき、地面に転がる木の実を拾った。

「えと……ありがとう？」

なんとなく、求められている気がしてお礼を言ってみれば、巨鳥は「キルルキルル」と鳴いてセラフィーナの胸に顔をすりつけた。

事態を呑《の》み込めないながらも、セラフィーナは巨鳥の頭を撫でる。ふんわり柔らかいのに、つやつやしていた。

「これはいったいどういうことなの？　ひとりで納得していないで僕たちにも説明しなよ、ルーファス」

セラフィーナと巨鳥の交流を満足げに見ているルーファスを、エリオットが問い詰めた。皆の困惑にいまさら気づいた彼は、肩をすくめた。

「見ての通り、巨鳥は殿下になついているんだ」

「殿下になつく？　こんな巨大な鳥が誰かになつくなんて、信じがたいんだけど」

「巨大だからだ。巨鳥は私たちと同じ、鳥類にとっての圧倒的な強者であり、そして、私たちと同じように弱者を慈《いつく》しむ」

目を見開くエリオットたちを見て、ルーファスは意気揚々《ようよう》とうなずいた。

「私たちと同じだ。巨鳥は、殿下を守るべき方と認識している。あのときも殿下をさらったのではなく、助けたんだ。安全な巣穴へ連れて行き、えさとなる木の実を取ってきた」

ルーファスの説明を聞きながら、セラフィーナも驚いていた。いまだに巨鳥が腹に顔を埋めていたため、信じるしかないけれど。

むしろだんだんと巨鳥がかわいく思えてきた。鷲に似た顔つきはとても格好いいし、こうやって動物とふれあえるのは純粋にうれしい。

たまらず抱きつけば、「キュルゥ」と鳴いた。

「あー……うん。なるほどねえ。納得した。こいつ、僕たちと同類だわ」

「そうですわね。殿下が好きで好きで仕方がないと、全身で語っておりますわ」

「馬を見つめていたときからもしやと思っていたけど、殿下って動物好き？」

ハウエルの疑問に、エリオットが「その通りだよ」と答える。

「殿下は動物が大好きなんだけどね、かわいがろうとすると、ルーファスが嫉妬《しっと》するんだよ。動物に危害を加えたりはしないんだけどね」

「代わりに訓練で手合わせした騎士にしわ寄せが行くんですの。彼らの嘆願《たんがん》により、殿下に動物を近づけないことになったのです」

　衝撃の事実が暴露されたが、幸いなことに、巨鳥との触れ合いに夢中なセラフィーナの耳には入らなかった。

「そんな事情が……じゃあ、どうして今回は止めないいんだ？　嫉妬するどころか、自分のことのように喜んでいるぞ」

「これは予想でしかないけど、巨鳥はたぶん、鳥の世界にとっての亜種《あしゅ》なんだ。しかも、あいつは僕たちと違って純粋な亜種。亜種返りであるルーファスと同じか、それ以上に、女王という存在に惹《ひ》かれるんだと思うよ」

「人間以外の亜種の庇護《ひご》欲《よく》をかき立てるって……」

「あ、巨鳥がすりすりしすぎて後ろへ転がっちゃったよ。さすが殿下、脆弱《ぜいじゃく》だねぇ」

「巨鳥が顔周りの羽根を逆立てておりますわ。きっとときめいているのでしょう。さすが殿下、素晴らしい脆弱っぷりです」

　ルーファスと同じように、エリオットとアグネスもセラフィーナと巨鳥の交流を愛《め》で始める。ただひとり、常識人ゆえに取り残されてしまったハウエルは、深いため息とともに頭を抱えた。

　視線の先では、巨鳥がくちばしでセラフィーナの首根っこの服をつかみ、子猫よろしくぶら下げていた。

巨鳥が敵ではないとわかったところで、セラフィーナたちは改めて城へ戻ることにした。巨鳥を連れて行くかどうか迷ったが、「やっと女王と出会えたのに置いていくなんてひどい」とセラフィーナ以外の全員が口をそろえたため、連れて行くことにした。

一緒にいられるとわかった巨鳥はたいそう喜び、セラフィーナの腹に顔をぐりぐりすりつけてまたひっくり返していた。

もう一度子猫よろしくセラフィーナをぶら下げた巨鳥は、そのまま城まで運ぼうとした。しかし、捕食される小動物を思わせるその姿で城へ向かえば、事情を知らない者たちが大混乱するだろう。

ここは無難に、ルーファスがセラフィーナを運ぶことにしよう、と説明すると、巨鳥はしょんぼりしながらセラフィーナを解放した。お利口な鳥である。

セラフィーナを抱きかかえたルーファスを先頭に、全員で城を目指す。巨鳥は目立ちすぎないよう遙《はる》か上空を飛んでいた。

城にたどり着くと、セオドールと一緒にアレクセイが待っていた。エリオットに足手まといだから城で待つよう言われた彼は、無事で帰ってきたセラフィーナを見て安堵《あんど》していた。

その後、ことの経緯を軽く説明してから巨鳥を城の前庭におろす。伝説の巨鳥の出現にアレクセイ含めた第五騎士団は大慌てだったが、セオドールをはじめとしたルーベルの騎士はすぐさま状況を呑み込んだ。むしろひな鳥の世話をする親鳥よろしくセラフィーナにべったりな巨鳥を見て、「うちの殿下は素晴らしい」と女王バカを発揮していた。

とりあえず、巨鳥は敵ではないとアレクセイたちが（強制的に）理解したところで、セラフィーナたちは城内へ入った。

後日、伝説の巨鳥がルーベルの女王を祝福するために王城へ降り立った――という噂が、王都でまことしやかにささやかれたことを、セラフィーナは知るよしもない。

今後の相談をしたいとアレクセイに持ちかけると、セラフィーナたちは応接室へ通された。

他国の王族を迎えるための部屋なのか、金の装飾がまぶしい真っ白な壁や、職人の気概《きがい》を感じる花模様の絨毯《じゅうたん》など、ひとつひとつの調度品《ちょうどひん》に贅《ぜい》をこらしていた。

優雅なカーブを描く背もたれに薔薇《ばら》の彫刻が彫られたソファへ、セラフィーナが腰を下ろす。ローテーブルを挟んで向かいのソファをアレクセイに勧めたが、彼は首を横に振った。

「お心遣い、ありがとうございます。ですが、一介《いっかい》の騎士が主《あるじ》と席をともにするなど、あってはなりません」

「それなら心配いらないわ。私はあなたの主ではないから」

「それは……私の忠誠を受け取ってもらえないということでしょうか？」

「違います。あなただけではなく、エシウスのすべての臣下の忠誠を、私は受け取るつもりがないからです」

突き放す言葉に、アレクセイは目を見開いた。

「そ、そんなっ、陛下は我々エシウスの民を見捨てるのですか!?」

「見捨てるもなにも、ルーベルには最初からエシウスを治めるつもりなどありません」

「愚《おろ》かな王と無能な貴族の悪政から、あなた方が解放してくださったではありませんか！我々の苦しみを知って、哀れんでくださったのではないのですか!?」

この世の終わりのような、絶望的な表情をしてアレクセイが声を振り立てる。

悲痛な叫びが半円形の天井に響くのを聞きながら、セラフィーナは、いくらなんでも買いかぶりすぎだろうと思った。彼にとって、セラフィーナ……というより、ルーベルの女王が救世主かなにかに見えたのだろう。この国の現状を思えば仕方がないことではある。

しかし、すがる相手が悪すぎた。

「あなたは誤解しています。確かに、エシウスの現状に我が国の騎士たちは心を痛めておりました。しかし、あなた方を救うために立ちあがったのではないのです」

今回の騒動を治めるためには、ルーベルは英雄でなくてはならない。けれど、アレクセイにエシウスを背負ってもらうためには、ルーベルに対する幻想を打ち壊すしかない。

「私が間もなく十六となり、正式に女王を戴冠《たいかん》することは知っていますね。我々が各国にその旨《むね》を伝えたところ、エシウス国王から書状が届いたのです。脆弱な女王など、認められない——と」

アレクセイの顔が真っ青になる。どうやら、エシウス国王の行動が、ルーベル国民にとってどれだけ腹立たしいことか、彼はきちんと理解しているようだ。

「我が国の民は、女王を——私を、心の底から敬愛しております。彼らにとって、女王は心の支えであり、自分の命よりも大切なものなのです。それを、エシウス国王は否定しました」

「それだけじゃないぞ。俺に向かって、セラフィーナを裏切って王位を奪えと言ってきた」

当時を思い出すだけでも腹が立つのか、セオドールはぞっとする笑みを浮かべた。

アレクセイが震え上がってしまったので、セラフィーナはため息とともに「お兄様、意地悪もそれぐらいで」とセオドールをたしなめた。

「あなた方のことを思うと心苦しい話なのですが、ルーベルの騎士は、エシウスの民のために戦ったのではなく、女王を侮辱《ぶじょく》した国王に報復しただけなのです。つまり、この国はいま、ルーベルに占領されています」

「占、領……そんなっ……」

現実を受け止めきれないのか、アレクセイは自らの身体《からだ》をかき抱くように腕を回した。視線はセラフィーナに固定されているのに、どこか遠くを見ている。

なんと痛ましい。自分たちを救ってくれたと思っていたのに、実は占領されていたなんて、どれだけの衝撃か。

改めて、自分のふがいなさを恨めしく思う。だが、前に進むと、すべて背負うとセラフィーナは決めている。

だから――

セラフィーナはおもむろに立ちあがると、いまだ衝撃から抜け出せていないアレクセイの目の前に立った。そして、スカートの裾《すそ》をつまみ、膝と腰を深く折り、頭を下げた。

「殿下⁉」

「セラフィーナ⁉」

ルーファスたちが声をあげ、アレクセイが目を丸くして凍り付く中、頭を下げた格好のまま、セラフィーナは告げた。

「私がいたらぬ女王だったばかりに、騎士たちの暴走を許し、あなたの国を侵略することになってしまいました。エシウス国民の期待を裏切ってしまったこと、心より謝罪いたします。申し訳ありませんでした」

「やめろ、セラフィーナ。お前が謝ることじゃない！」

「殿下、どうか顔を上げてください。女王たるあなたが頭を下げるなど――」

「女王だからです」

動揺《どうよう》し、なんとか顔を上げさせようとするルーファスたちへ、セラフィーナは頭を下げたまま言った。

「私は、ルーベルの女王です。女王はルーベル国民を慈《いつく》しみ、彼らの愛を受け取り、そして、彼らの暴走を未然に防がなければなりません。もしもルーベル国民がよそ様に迷惑をかけたのならば、女王の飼い主《いぬし》の責任として、相手方に誠心誠意謝り、償《つぐな》いをする。それこそが、女王の役目なのです」

家庭教師の長老が、女王の心得の参考資料として渡してくれた、『飼い主の心得　すてきな愛犬ライフ』にも書いてあったことだ。

飼い犬が粗相《そそう》をしたときは、飼い主が責任を持って処理しましょう——と。

「殿下……あなたはそこまで、私たちのことを……」

「まだまだ小さいと思っていたのに、ずいぶんと立派になって……お兄ちゃんは、うれしいぞ」

セラフィーナの覚悟を知ったルーファスたちが感激し始める。セオドールにいたってはうれし泣きしていた。

周りをはばからず大泣きするセオドールの姿に毒気を抜かれたのか、ずっと固まっていたアレクセイが長い息を吐いた。

「顔を上げてください、陛下」

促され、セラフィーナはゆっくりと姿勢を正す。射貫《いぬ》くようなアレクセイの視線とかち合った。

「あなたは先ほど、償うとおっしゃりました。いったい、どうなさるおつもりなのですか？」

少しの偽りも許さない――強い覚悟が伝わり、セラフィーナも同じだけの覚悟を持って答えた。

「ルーベルは過ちを犯しました。過ちは、正さなくてはならない。ゆえに、ルーベルはエシウスの統治を行いません。状況が状況ですので、しばらくは我が国から文官を派遣いたしますが、将来的に、エシウスには自立していただきます」

エシウスは愚王《ぐおう》の悪政により、行政がほとんど機能していない。当然、国を支えるだけの人材がそろっていなかった。

現在はルーベルから派遣した文官たちが滞《とどこお》っていた行政を動かしている。行政が正常に機能すれば、国民もまっとうな生活ができるようになるだろう。そうなれば、人材の確保もできるはずだ。

人としての尊厳を取り戻し、希望を持って復興する。そのために、国民をまとめる象徴が必要だった。

「アレクセイ。あなたに、エシウス国の王となってほしいのです。我々のように世界の中心に女王を戴《いただ》いたりせず、しっかりと、エシウスの民のことを慮《おもんぱか》る王に、なってもらえませんか」

アレクセイは驚かなかった。きっと、すべて承知の上で問いかけていたのだ。

彼は激情にふたをするように目を閉じると、ひとつ、長い息を吐いた。

瞼《まぶた》をあげたとき、セラフィーナを見つめる目に迷いはなかった。

「承知いたしました。あなたが、ルーベルの民にとっての心の支えであるように、私も、荒れ果てたこの国を立て直すため、民にとっての希望の象徴になってみせましょう」

胸を張って宣言した後、アレクセイはふっと表情を和《やわ》らげる。

「一日でも早く国を立て直し、ルーベルの文官たちを解放しなくては。女王愛が暴走する前に、ね」

冗談めかした（でも事実そうなる可能性がある）言葉に、セラフィーナは「よろしくお願いします」と（本当は切実だけど）笑ったのだった。


夜が明けるなり、アレクセイがエシウスの新たな王となることが告示された。

セオドールが言っていたとおり、郊外でのアレクセイの人気はすさまじく、喜びの声や安堵《あんど》の声ばかりで不満の声は上がらなかった。

また王都周辺においても、第五騎士団でのアレクセイの功績や郊外での評判、さらに、エシウス国王の魔の手からルーベル女王を救ったという英雄譚《たん》が多くの衆心を集め、大きな混乱が起こることなく新王アレクセイは国民に受け入れられた。

夏の訪れを予感するよく晴れた日、エシウス城で新王の戴冠式が行われた。

広い前庭に国民が集まり、城のバルコニーでアレクセイが国王就任の挨拶《あいさつ》をする。彼の頭上に宝冠は載っていない。本来、城内で貴族に見守られながら宝冠を戴くのだが、このたびの騒動で有力貴族のことごとくが取りつぶしとなったため、もういっそのこと国民の前で行おう、ということになったからだ。

「疲弊《ひへい》した我が国をいち早く復興し、希望を持って生きていける国にすることを、私はここに誓おう！」

アレクセイが宣言すると、集まった人々から歓声が上がる。人だかりは城門の向こうにまで続いていて、みな、希望に満ちた笑顔を浮かべていた。

宝冠の授与は、国の解放者であるルーベルの女王――セラフィーナが行った。

落としてしまいそうなほど重い宝冠を、なんとかアレクセイの頭の上に載せる。

歓声がいっそう強さを増し、宝冠を頭上に戴いたアレクセイが国民へ手を振った。その様子を見ながら、セラフィーナは安堵の息を吐く。

これでやっと、今回のルーベルの行いが侵略ではなく、解放だということになった。

新王の誕生を無事見守ったセラフィーナは、ついにルーベルへ戻る日を迎えた。ルーファスたちに担《かつ》がれての移動が待っているのか――と思うと気分が滅入《めい》る。けれどここに来て、新たな移動手段が提示された。

「キィ、キィエ」

城内から出てすぐ、前庭の広場に、騎士や文官たちと一緒に巨鳥が待っていた。ルーベルまでの帰路は、巨鳥に運んでもらうことになったのだ。しかし、前回のように巨大な脚にわしづかんでもらうのではなく、また、首根っこをくちばしで挟んで子猫よろしく運んでもらうのでもなく、巨鳥が持ち運べる形の、セラフィーナ専用の客車が用意された。ルーベルで留守番をするジェロームが、巨鳥についての報告を受けるなり天啓が降りたとかなんとかで、すぐさま手配させたそうだ。

女王が乗るにふさわしい客車、というだけあって、指滑りなめらかなベルベット生地を使った純白のソファは、長時間座っていても疲れなさそうである。円形の床には毛足の長い絨毯《じゅうたん》を敷き詰め、万が一にも落ちないよう細い格子《こうし》が張り巡らしてあった。天辺には太い鎖でできた大きなわっかがぶら下がっている。巨鳥がこれをつかんで客車を運ぶのだろう。

白で統一された室内に、華奢《きゃしゃ》な格子など、とてもかわいらしくてすてきだと思う。

鳥かごでなければ。

「ちょっと！　どうして私にふさわしい客車が鳥かごなの!?」

セラフィーナの渾身《こんしん》の叫びに、エリオットがいつもの調子で答える。

「だって格子で天井まで囲ってしまわないと、万が一にも落ちたら危ないでしょう」

エリオットの主張は尤《もっと》もだ。反論のしようがない。けれども、鳥かごの形にしなくてもよかったのではないか。緩《ゆる》やかな円錐形《えんすいけい》ではなく、真四角とか――それはそれで、虫かごが思い浮かんだ。

だったらかごなんてどうだろう。半円形のかごいっぱいにクッションや毛布を敷き詰めて、アーチ状の持ち手を巨鳥がつかんで移動する。落ちる可能性はあるけれど、きっと護衛の誰かが受け止めてくれるはずだ――と、ここまで考えて、なぜかかごの中で丸まって眠る猫が思い浮かんだ。

「ね、殿下。君に一番似合っているのは鳥かごでしょう?」

思考を読んだとしか思えない、絶妙なタイミングでのエリオットの言葉に、セラフィーナは「はい」とおとなしくうなずいた。

鳥かごに入ると、扉が勝手に開かないよう、外からしっかりと施錠《せじょう》がされた。上空は肌寒いからと渡されたガウンを羽織《はお》り、ソファに腰掛ける。クッションをいくつも敷き詰めたソファは、柔らかく、けれどもしっかりと全身を包んだ。

さて、後は出発だけだな、とのんびり待っていたら、ルーファスが巨鳥の背中に飛び乗った。

「え、どうして巨鳥の背中に乗っているの?」

「飛んでいる最中になにか起こったとき、対処できるよう付き添います。鳥かごは殿下専用なので、私は巨鳥の背中に……」

「いやいやいや、私も一緒に背中に乗ればいいじゃない。わざわざ、こんな凝《こ》ったもの作る必要はないでしょう」

「確かにそうですが……殿下、乗れるんですか？」

疑問の体《てい》を取っているが、その言い方は乗れないと確信を持っていた。決めつけられて腹を立てたセラフィーナは、「できるに決まってるでしょ！」と叫ぶ。

ルーファスは信じようとすらしてくれなかったが、エリオットが「何事も試してみないとわからないよ」と助け船を出してくれたことにより、出発前に一度、巨鳥にまたがってみることになった。

セラフィーナが鳥かごから出ると、お利口な巨鳥は乗りやすいようにと自ら頭を低くした。ルーファスの手を借りつつ、セラフィーナは翼の付け根の辺りにまたがる。馬のように鞍《くら》がないため、羽根をつかんだ。むしり取ってしまわないだろうかとひやひやしたが、巨鳥に痛がるそぶりはなかった。

「きちんとつかまりましたね。では、巨鳥の頭を上げますよ」

ルーファスの最終確認にうなずくと、彼の合図で巨鳥が首を持ち上げて姿勢を正す。まるで勢いよくシーソーが傾いたみたいに、視界がめまぐるしく動き、セラフィーナの身体が上を向いて――

「うきゃあああぁぁ……」

そのまま、坂道を転がるボールよろしく、巨鳥の背中を転げ落ちた。それはもう美しい後ろ回りでくるくると転がり、最後は広場の芝生《しばふ》にうつぶせに伸びた。

しんと静まりかえる広場。見送りに来ていたアレクセイをはじめとしたエシウスの面々が真っ青な顔で言葉を失う中、エリオットは、ぐっとこぶしを握った。

「よし、決まった！」

途端、ルーベルの面々が歓声を上げた。

「お見事です、殿下！」

「なんと素晴らしい転げぶり……これぞ、女王！」

「おいっ、この中に絵が得意なやつはいないのか!?　いまの素晴らしい転がりっぷりを、是非《ぜひ》とも絵におさめなければ」

「殿下の脆弱《ぜいじゃく》さをこんなに間近で見られるなんて……これでしばらく、エシウスで頑張れそうです！」

いつもの護衛たちだけでなく、エシウスに残る騎士や文官たちまで大喜びで、誰も倒れている主を助け起こそうとしない。

世知辛《せちがら》い現実に打ちのめされたセラフィーナは、芝生に顔を埋めて伸びた格好のまま、起き上がる気力すらわかなかった。

「ルーベルの女王よ……」

労《いたわ》る声とともに、手がさしのべられる。顔を上げれば、アレクセイがわざわざ膝をついて手を差しだしてくれていた。

彼の手を借り、セラフィーナは立ちあがる。ドレスについた草まで払い落としてくれる優しさに、思わずきゅんとしてしまった。

「ありがとうございます、エシウス王。見苦しいものをお見せして、申し訳ありません」

「いいえ、あなたに怪我《けが》がなくてよかった。やはり、か弱い女王といえど亜種《あしゅ》なのですね。私には、このような大役……果たせそうにない」

アレクセイは背後をちらりと見る。ルーベルの騎士が、いまだ喜びはしゃいでいた。

「なんというか……お疲れ様です」

気のせいだろうか。セラフィーナには、「お疲れ様」が「ご愁傷様《しゅうしょうさま》」に聞こえた。きっと勘違いじゃない。

その後、アレクセイのエスコートで鳥かごにおとなしく乗り込み、たくさんの人に見送られながら、セラフィーナたちはエシウスを後にした。

後日、その様子を目撃したエシウスの人々が、『伝説の巨鳥は天の御使いで、苦しむエシウス国民を救うため、救世主《ルーベル女王》を遣わしてくれたのだ』という噂《うわさ》が広がったことを、セラフィーナは知らない。

そして、エシウス国を救った天の御使いが、ルーベル女王の傍から離れたくないという理由で国を去ってしまったことを、エシウス国民は知るよしもない。


ルーベルへ戻ってきたセラフィーナは、ほっとひと息つく暇もなく、各国首脳が集まっての会談に向けて、準備に追われていた。

エシウス国を巡っての騒動は、いい形で収束できた。当日はアレクセイもエシウス国王として会談に参加し、ルーベルの騎士は愚王の圧政から解放してくれたのだと説明してくれる手はずになっている。

今回、会談を行う最たる理由が、エシウスでの騒動についての説明であるから、想定される質問に対する回答や十分な資料を用意すればさほど紛糾《ふんきゅう》しないとにらんでいる。

しかし、ここでひとつ問題があった。

亜種の末裔《まつえい》であるルーベル国民は、独自の考えで動く。彼らを律することができるのは女王ただひとりだというのに、その位を継ぐセラフィーナはセオドールの暴走を許してしまった。

それがたとえ解放戦だとしても、亜種の暴走を許したというのが問題なのだ。

前女王が亡くなってから約十六年。長い女王不在は、セラフィーナに女王の心得を教える者がいなかったことを示していた。他国がセラフィーナの女王の資質に不安を覚えるなか、今回の暴走である。ルーベルから傭兵《ようへい》を受け入れる各国が、ルーベルとの今後の関係見直しを考えても仕方がない状況だった。

セラフィーナが女王として亜種の手綱《たづな》をしっかり握る。それを証明できなければ、各国首脳は納得できないだろう。

長老から助言をもらいつつ、ジェロームとともに今度の打ち合わせをしていたセラフィーナは、いい案はないだろうかと頭を悩ませた。すると、背後に立ったエリオットが耳元に顔を寄せてささやいた。

「だらだらと文句を言うようだったら、騎士の派遣をやめればいいだけだよ」

「それでは解決にならないと言っているでしょう」

エリオットの横《よこ》っ面《つら》に手を置き、力任せに押しのける。一歩退いただけで突き飛ばすことすらできず余計に悔《くや》しくなった。

「んもうっ！　邪魔するんだったら部屋の外にいてちょうだい」

「えぇ～。殿下の護衛がそばを離れられるわけがないでしょう」

「だったら少しは一緒に考えてよ！」

「そうだなぁ、いっそのこと僕たちがいかに強いかを見せつけて、文句を言う気力もわかないくらいの恐怖に陥《おとしい》れるっていうのはどう？」

穢《けが》れない天使と見まごう笑顔で、なんという恐ろしいことを言うのか。相変わらずなエリオットに、セラフィーナは頭痛を覚えてこめかみを押さえた。

「こら、エリオット！　冗談でもそんな恐ろしいことを提案するな。殿下、わかっていると思うけど、そんなことしないでくれよ！」

焦って言いつのるのは、ハウエルである。おそらく、彼をからかうためにエリオットも過激なことを言っているのだと思う。

故郷と亜種の本能との板挟みで頑張るハウエルを不憫《ふびん》に思いながら、セラフィーナは「やらないから安心しなさい」と答えた。

そもそも、亜種の強さはもう十分に知れ渡っているのだ。これ以上わかってもらう必要はない。

必要なのは、セラフィーナが女王として国民を御《ぎょ》する力があると知らしめること。むしろセラフィーナを恐れさせるインパクトがほしいのだ。

騎士団の入団試験で行う、素手による岩砕《いわくだ》きでもすれば少しは恐れてくれるだろうか。そもそも、セラフィーナの手の方が砕けそうだけれど。

そんなことをつらつらと考えながら、セラフィーナはふと窓へと視線を向ける。窓の向こう側のバルコニーでは、すっかりルーベル国民に受け入れられた巨鳥が、夜の訪れを待つフクロウよろしく手すりにつかまっていた。

お利口な巨鳥は子供たちに大人気で、見た目に似合わぬ優しい性格もあり、よく彼らの遊び相手になっていた。セラフィーナにもよく懐いていて、いまではきーちゃんと呼んでいる。

「……あ、いいこと思いついた」

つぶやいて、ジェロームへと視線を向けたセラフィーナは、それはそれはいい笑顔を浮かべた。


会談当日は、準備に追われている間に一瞬でやってきた。

会場はルーベル国内の、二本の街道が交差する地に建つ街——マチェンダで行われた。交易の中心であるマチェンダには、他国の人間も多数滞在しており、他国との交流の窓口として、ルーベルが騎士を派遣する国々の大使館があった。各国首脳や外交官を集めて夜会を開けるよう、城も建っている。

今回、会場となったのはマチェンダ城の中庭だった。背の高い生け垣《いがき》で四角く区切られた庭には、中央に細長いテーブルが設置してあった。テーブルを挟むように椅子《いす》が並んでいる。

城内の一室ではなく、中庭で行われることに各国の首脳は眉《まゆ》をひそめていたが、早々に到着していたエシウス国王――アレクセイが席に着いていたため、戸惑いながらも各席に腰掛けた。

生け垣には、春薔薇《はるばら》が咲き誇っていた。花心から外側にかけて、桃色のグラデーションが神秘的で美しいが、今回の会談内容を思うと、のんきに薔薇を眺める空気でもない。

緊張や戸惑いが会場に漂う中、隅に控えていた眼鏡《めがね》の男――ジェロームが前へ進み出て、各国首脳へ一礼した。

「このたびは、皆々様お忙しい中お越しくださり、誠にありがとうございます。それでは、会談を始めたいと思います」

「ちょっと待て！　ルーベルの女王の姿が見えないぞ」

会談の開始を宣言すると、首脳のひとりが声を強める。他国の人間もそれに続いた。

「女王にことの説明をしてもらおうとここまで来たんだ。女王がいないのなら、会談の意味がない」

そうだ、そうだと賛同する声が響く。早くも場内はざわついてしまっているが、ジェロームも、アレクセイも、落ち着き払っていた。

「皆様、ご安心ください。我らが女王は、もう間もなく会場に到着します。……あぁ、ほら、来たみたいですよ」

ジェロームはそう言うが、中庭にセラフィーナの姿はない。首脳たちが顔を見合わせていると、遠くで鳥の鳴き声が聞こえた。なんとはなしに見上げれば、街の方から、一羽の鳥が飛んできているのが見えた。

首脳陣は、なんだ鳥か、と視線をはずそうとして、また釘付けになった。近づいてくる鳥の大きさが、明らかにおかしかったからだ。まだまだ遠いというのに、すでに一般的な鷲《わし》の大きさになっている。目の前にやってきたらどれだけ大きいのか、想像もつかない。

近づくにつれ、もうひとつ気づいたことがあった。鳥の背後、翼の付け根のあたりに人影が見えた。もしやあの巨鳥を乗り物にしているのか。

さらに、鳥の足下をなにかが飛び跳ねている。街の建物を軽々と飛び越えて、鳥の後を追っているように見えるあれは、人だろうか。建物を飛び越えるなんて、普通の人間にできるはずがない。間違いなくルーベル国民だ。

どこからか現れた巨鳥を、ルーベルの騎士が討《う》ち取ろうとしているのだろうか。であれば、どんどん近づいてくる巨鳥から避難するべきか。しかし、会場を警備しているルーベルの騎士は、巨鳥の存在に気づいてもとくに焦った様子がない。

各国首脳が逡巡《しゅんじゅん》している間に距離が縮まって、巨鳥の背後にいる人物を視認できるようになった。

女性――いや、少女だ。巨鳥の首もとにまたがる彼女は、ハチミツ色の長い髪を風になびかせ、初々《ういうい》しい若葉色の瞳でこちらを無感情に見下ろしている。各国首脳はすぐに気づいた。彼女こそ、亜種の頂点に立つ女王　セラフィーナだ。

だとすると、巨鳥を追うように飛び跳ねる三つの人影は、彼女の護衛兼夫候補の男たちだろう。美形揃《ぞろ》いのルーベル国民の中で、ひときわ美しく、能力も高い男だけが、女王のそばに侍《はべ》ることができると聞いている。

城を囲う塀《へい》を跳び越えて、男たちが会場に降り立つ。セラフィーナを運ぶ巨鳥は中庭の上空で「キエエェッ」と鋭く鳴いてから、ゆっくり降りてきた。ひとつ羽ばたくたびに暴風が吹き荒れ、椅子に腰掛ける首脳たちはテーブルにしがみついた。

セラフィーナのまたがる巨鳥が地面に降り立つと、三人の中で最も鋭い空気を纏《まと》う男――ルーファスが、恭《うやうや》しい手つきで女王を巨鳥の背から降ろした。そのまま彼にエスコートされる形でセラフィーナはテーブルへと進む。残るふたりの護衛たちも、彼女に付き従うように後ろについた。

「皆様、ごきげんよう。会談の主催者でありながらお待たせしてしまい、申し訳ありません」

スカートの裾《すそ》をつかみ、膝を折る。楚々《そそ》とした淑女《しゅくじょ》の礼は、見る者の庇護欲《ひごよく》をかき立てた。

しかし、その背後で待つ男たちの、巨鳥の存在感が、彼女がただ守られるだけの少女ではないと物語っていた。

「女王陛下、本題に入る前に、ひとつ、確認したいことがある。その……巨大な鳥は、いったいなんなのだ？」

首脳のひとりが問いかければ、セラフィーナは後ろを振り返って「あぁ。きーちゃんですか？」と答える。

鷲に似た大きく丸いくちばしを持ち、家一軒ほどありそうな巨大な体躯《たいく》を誇る鳥を相手に、きーちゃんなどと呼ぶとは――首脳陣は、唖然《あぜん》としてしまった。

「きーちゃんは、エシウス国の森の奥に住んでおりました。彼は鳥の世界でいうところの亜種だったらしく、女王である私に懐いて、そのままルーベルまでついてきてしまいました」

ルーベル国民がその突出した身体能力ゆえに人間の亜種と呼ばれるのなら、鳥の世界において見るからに強い個体と分かるこの巨鳥も、亜種、ということになる。

とうに理解の範疇《はんちゅう》を超えた話だったが、相手はルーベルの女王だ。最初から、人間の常識ではかれるはずがなかった。

首脳陣から新たな質問が上がらなかったため、セラフィーナは本題に入る。椅子に座ることなく、縦長のテーブルの一番奥に、護衛と巨鳥を背中に従えたまま、口を開いた。

「此度《こたび》の、エシウスでの騒動ですが、彼《か》の国へ派遣されていた騎士たちが、前王の悪政により苦しむ国民を哀れに思っていたところへ、前王が騎士を率《ひき》いる我が兄に接触し、私を裏切ってルーベルの国王になれとそそのかしたのです」

会場が一気にざわついた。ルーベル国民にとって、女王がいかに大切な存在か、この場にいる人間は皆きちんと理解している。ゆえに、エシウスの前王がいかに愚《おろ》かかわかってしまった。

彼の王は、逆鱗《げきりん》に触れたのだ。人と似て非なる絶対強者――亜種の逆鱗に。

「私を侮辱《ぶじょく》されて腹を立てた兄は、これ以上、愚王《ぐおう》にこの国は任せられないと思い、拘束《こうそく》したそうです。その後、私に今後の下知《げじ》をもらおうと、ルーベルへ帰国いたしました」

「つまり、此度《こたび》の騒動は、ルーベルによるエシウス征服ではなく、前王の悪政から国民を解放しようとした、ということか？」

ある国の王がそう問いかければ、セラフィーナは「おっしゃるとおりです」とうなずいた。

「報告を受けた私は、兄とともにすぐさまエシウスに入りました。そして現状を見て、兄の行いが間違いではなかったと確信したのです」

首脳陣の視線が、自然とアレクセイに集まる。彼はことさらゆっくりと首を縦に振った。

「女王のおっしゃるとおりだ。我が国の民は長く続いた後継者争いとその後の悪政により疲れ切り、国という体《てい》を保つことすら難しい状態だった。それは、ここにいる誰もが知っていることだろう」

会場にいる全員が押し黙った。前王の評判が地に落ちていたのは事実だからだ。

「前王にこれ以上の統治は不可能と判断した我々は、新たな王を擁立《ようりつ》することにしました。しかし、有力貴族のことごとくが前王とともに国政を私物化しておりました。そんな中、白羽の矢が立ったのが、当時第五騎士団団長として郊外に出ておりました、アレクセイ国王陛下でございます」

「ルーベルの騎士が前王を拘束してしまったと聞いたとき、私は安堵《あんど》したのだ。民の苦しみがやっと終わるのだと。王都へ呼び寄せられたときも、このままエシウスはルーベルの統治下に入るのだろうと思っていた。すぐに否定されたがな」

「我々が他国を治めるなど、ありえません。皆様もご存じのように、我々は独特なものの考え方をします。ゆえに、他国を治めたところでいつかほころびが生じて分裂するでしょう。他国の統治など、時間の無駄です」

　セラフィーナの率直《そっちょく》な言葉に、周囲の護衛たちが首を縦に振った。

「ただ、いくら兄に正義があったとしても、女王たる私の判断を仰《あお》がず、独断で動いたことは著《いちじる》しく規律を乱す行為でした。それだけでなく、我が国の騎士を受け入れる皆々様を不安にさせてしまったのです。これもすべて、私が女王として未熟だったがゆえ、起こってしまったこと。お詫《わ》び申し上げますわ」

　セラフィーナはスカートの裾《すそ》をつかみ、腰を折って頭を下げた。国の頂点たる女王が頭を下げるだなんて、本来ならありえないことだ。それだけ、今回の騒動を重く受け止めているということだろう。

　姿勢を正したセラフィーナは、隅で待機するジェロームへ視線で合図を送ってから、首脳陣へと向き直った。

「今後は、このようなことが二度と起こらぬよう、情報の共有、指示伝達の強化に努めます。つきましては　」

セラフィーナが不自然に言葉を切ると、生け垣の隙間《すきま》を通って、ふたりの騎士が会場に入ってきた。ふたりがかりでなにかを運んでいたのでのぞき込めば、それはひとりの男だった。

騎士たちはセラフィーナの隣に連れてきた男を座らせると、背後から両腕を拘束し、後ろ髪をつかんで持ち上げ、首脳陣たちに顔を見せた。

セラフィーナに比べると暗い金の髪と透き通った青い瞳を持つ、少し年かさの男に、首脳陣は見覚えがあった。

「こちらが、今回の騒動の発端となった兄――セオドールです」

王族を拘束し、さらには罪人のように扱うだなんて。首脳陣は目を丸くした。

さらに驚いたのは、拘束されているセオドールが無抵抗なことだ。騎士に拘束され、地面に這《は》いつくばらされているというのに、無礼者と騎士をなじることもなく、ただ粛々《しゆくしゆく》とこの仕打ちを受け止めている。

まるで、セラフィーナの意思の前では自分の王族の矜持《きようじ》などちっぽけなもの、と言っているようだった。

セラフィーナは首脳陣とセオドールの間に立つ。彼女がどんな表情で兄を見下ろしているのか、背を向けられている首脳陣にはわからない。ただ、一言も発さずに女王を見上げるセオドールから壮絶《そうぜつ》な覚悟が伝わり、女王がいかに厳しい表情をしているかを察した。

「お兄様、あなたはルーベルの騎士を率いる身でありながら、一時の感情に流されて軽率《けいそつ》な行動を起こし、各国を不安に陥《おとしい》れました。それはそのまま、我が国の危機へ直結します。国を導くものとして、国を、国民を危険にさらしたあなたを、私は許しません」

毅然《きぜん》と告げたセラフィーナは、傍に控えるルーファスから剣を受け取る。女王が持つには飾り気も色気もない武骨な鞘《さや》を引き抜けば、刀身がぎらりと光った。

まさか――と首脳陣が思い至ったときには、セラフィーナは剣を振りかぶっていた。これからなにが起こるのか、きちんと理解しているらしいセオドールが、自ら首を差し出すようにうつむく。

あらわになったうなじに向けて、セラフィーナが剣を振り下ろした。

分厚い雲に覆《おお》われた空に、金属同士がぶつかり合う重い音が響く。目をそらすことすら叶わなかった首脳陣が、びくりと身を強張《こわば》らせた。

セラフィーナが無慈悲《むじひ》に振り下ろした剣は、セオドールの首筋にとどくことなく、横から伸びてきた一本の剣に受け止められていた。

剣をつきだす背中に、青銀の長い髪が揺らめいている。受け止めたのは、エシウス国王、アレクセイだった。直前まで首脳陣と一緒にテーブルについていたのに、一瞬で距離を詰めて剣を受け止めたというのか。さすが、もと騎士である。

「お待ちください」

アレクセイは、憂《うれ》いを帯びた目でセラフィーナを見つめ、嘆願《たんがん》した。

「セオドール殿は、確かにルーベルを危険にさらしたのかもしれない。だが、我らエシウス国の民はこのお方に助けられたのだ。我々にとって、セオドール殿は救国の英雄。虐《しいた》げられ続けてきたエシウスの民を哀れに思ってくれるなら、どうか、我々から英雄を奪わないでくれ」

アレクセイとセラフィーナは、無言のまましばし見つめ合う。音が消えたのかと疑いたくなるほど静かな世界で、最初に動いたのは、セラフィーナの方だった。

「……わかりました。今回の騒動の一番の被害者であるあなたが、そうおっしゃるのであれば」

刃をひっこめたセラフィーナは、剣をルーファスに預ける。それを見届けたアレクセイがほっと息をつき、自らも剣を納めた。

セオドールの命の危機は去ったのだろう。しかし、この場を支配するピリピリとした空気は変わらない。息が詰まる緊張案のなか、セオドールに背を向けたセラフィーナは、あたりを囲うルーベルの騎士たちへ視線を巡らせ、言った。

「よろしいですか。たとえ私を想ってのことだとしても、女王たる私の意見を軽んじて勝手なことをすれば、容赦《ようしゃ》なく罰を与えます。心しておきなさい！」

気迫の言葉に、辺りを守るルーベルの騎士たちが「はっ！」と応えた。簡潔《こうごう》かつしっかりとした返事に満足したらしいセラフィーナは、ひれ伏してしまいそうな神々しい笑みとともに「よろしい」とうなずいた。

アレクセイのおかげで命拾いしたセオドールを、連れてきたときと同じように騎士たちが外へと運び出す。見送ることすらせず、セラフィーナは言葉を続けた。

「これにて、我々ルーベルからの説明を終わります。皆様、私の女王としての覚悟、ご理解してくださいました？」

問いかけているはずなのに、首脳陣に許される答えは「はい」の一択だった。

「あぁ、皆々様に納得して頂けてよかったです。まだまだ若輩者《じゃくはいもの》ですが、これからも、どうぞよろしくお願いしますね」

幼子に言い含めるような優しい声音《こわね》で、セラフィーナは微笑《ほほえ》む。

目もくらむほど美しい笑顔のはずなのに、なぜだろう、見ていて背筋が凍った。


「お疲れ様でございました、殿下」

「万事うまくいったと聞いておりますぞ」

会談を無事に終え、行きと同じように巨鳥の背に乗ってルーベル城まで戻ってきたセラフィーナは、中庭で出迎えてくれたアグネスと長老に返事をすることもなくその場に倒れた。

「あ、足が……プルプルする……お腹も、引きつりそう……」

きーちゃんの背中に乗っている間、セラフィーナは転げ落ちないよう全身の筋肉という筋肉に活《かつ》を入れて姿勢を保っていた。正直なことを言えば、会場にたどり着いてルーファスに降ろしてもらった時点で身体《からだ》はとうに限界を超えていた。

まるで生まれたての小鹿のように震える足を必死にのばし、いまにもつりそうな腹筋を酷使《こくし》して声を張り上げた。剣を振り上げたときなんて、あまりの重さに後ろへ倒れそうだったのを、根性と気合でこらえていたのだ。受け止めてもらえるとわかっていたけれど、アレクセイが阻《そ》止《し》してくれなかったら絶対に取り返しのつかないことになっていた。

うつぶせたままひくひくと痙攣《けいれん》するセラフィーナを見下ろして、アグネスは呆《あき》れかえる。

「だから言ったではありませんか。鳥かごの方が楽で安全ですと」

「だだ、だって、鳥かごに入った状態で登場したところで、ふがいない女王という先入観は払《ふっ》拭《しょく》されないでしょう」

むしろ臣下にすべてを管理された女王という悪いイメージがついてしまいそうだ。それだけは、なんとしても避けなければならなかった。

「それにしても、あんな対応でよかったのか？　あれじゃあ、各国を脅《おど》して文句を封じているようなものだぞ」

心配するハウエルに、ルーファスの手を借りて身を起こしたセラフィーナは「大丈夫よ」と明るく答える。

「お兄様の暴走を許してしまった時点で、私の評価は地に落ちているわ。いまさらなにをしたって評価は変わらない。だったら、少々過激な手を使ってでも、頼りない女王という印象を消してしまいたかったの」

「それが、あの態度だと？」

「そう。とっても強そうだったでしょう」

わざわざ、落ちそうな恐怖と引きつる筋肉に耐えてまできーちゃんの背にまたがり、会場入りしたのは、演出のためだった。

セラフィーナは頼りない女王ではなく、強い女王である、と印象づけるための。

「お疲れ、セラフィーナ。あいつらのおびえた顔、見物だったな」

遅れて城へ戻ってきたのは、セオドールだった。さっきまでの殊勝《しゅしょう》な態度から打って変わり、あっけらかんと笑っていた。

「お兄様も、お疲れ様です。名演技でしたよ」

彼がやったことと言えばおとなしく首を差し出しただけで、どちらかというと名演技だったのはアレクセイとセラフィーナの方なのだが、セオドールは得意げに胸を張った。

今回のセオドール処刑未遂《みすい》は、すべて事前に段取りが決められたことだった。もちろん、アレクセイが止めに入るのも予定の内である。

この日のために、セラフィーナは筋力トレーニングに励んだ。剣を振り、きーちゃんの上でも見苦しくないように、と。

「確かに様《さま》になっていたけれど、でも、うーん……」

腕を組んで、ハウエルは悩み出した。セラフィーナは「だから大丈夫だって」と笑い飛ばす。

「一度評価が地に落ちれば、後は上がるだけだから。普通に過ごしているだけで、勝手に過大評価してくれるはずよ。ねぇ、先生」

長老は黙って親指を立てる。ふさふさの眉毛《まゆげ》とひげで表情がいまいちわからないが、きっといい笑顔を浮かべているはずだ。

「ほら、小説でもよくあるでしょう。第一印象が最低だと、少し優しくしてくれるだけでときめいちゃうってやつ」

「ギャップ……というものですね、殿下」

アグネスが目を輝かせて食いついた。ふたりの愛読書は、ロマンス小説である。

「ロマンス小説と現実の政《まつりごと》を同じにするなんて……」

とうとう、ハウエルは頭を抱えてうなだれた。

そんな彼に気づかず、セラフィーナはアグネスとふたりでロマンス小説談義に花を咲かせている。

「さすが殿下。残念な思考回路が最高だよね」

「殿下はどんな殿下でも素晴らしい」

エリオットとルーファスが、いつもの女王バカを発揮したところで、セラフィーナが彼らへと振り向いた。

「そうやって愛《め》でていられるのもいまだけよ。これから立派な女王となって、あなたたちの手《た》綱《づな》をしっかり握ってみせるんだから。オイタをしたら、お仕置きしますからね」

腰に手を当てて胸を張り、不敵な笑みとともに宣言する。

ルーファスたちは胸に手を当てて一斉に跪《ひざまず》き、頭《こうべ》を垂れ、言った。

「我らが女王に、永遠の愛と忠誠を」

喜んで忠誠を誓う面々の中で、ただひとり、ハウエルだけは「え、女王って、そっち？」とつぶやいたのだった。

会談から一ヶ月。ルーベルでは珍しい雲ひとつない晴天の日、セラフィーナの戴冠式《たいかんしき》が行われた。

会場であるルーベル王城謁見《えっけん》の間は、扉から奥の玉座に向けて赤い絨毯《じゅうたん》が敷いてあり、左右を騎士が並んで囲んでいた。その背後に、各国の首脳や外交官がずらりと整列している。中にはアレクセイの姿もあった。

金の縁取りが豪奢《ごうしゃ》な玉座の横には、宝冠や宝剣、王笏《おうしゃく》が台座に安置されていた。玉座を挟むように、セラフィーナの七人の兄が整列している。

整列する騎士たちの最前列には、長老やジェローム、ルーファスたち護衛兼夫候補の三人も並んでいた。

「セラフィーナ王女殿下、入場です！」

両開きの大きな扉が開かれ、皆の注目を一身に浴びながら、セラフィーナは赤絨毯の上を歩く。

今日、セラフィーナが纏《まと》うのは絹でできた純白のドレス。胸元から腰まではぴったりと身体により添い、スカートもさほど広がらないシンプルなドレスだが、生地一面に同色の刺繡《ししゅう》が施《ほどこ》され、所々縫《ぬ》い付けられたダイヤが動くたびにきらめいていた。

胸元が開いたドレスなのに、ネックレスすらつけていないのは、これから身につけるからだ。

玉座の前までやってきて跪くと、兄たちが台座から女王の宝飾品をとる。七番目の兄が指輪を、六番目の兄がパングルを、五番目の兄がネックレスを、四番目の兄が宝剣を、三番目の兄が王笏を授け、二番目の兄が毛皮のマントをかけて金の止め紐《ひも》を胸元で結んだ。

ひとつずつ宝飾品が増えるたび身体が重くなる。まるでこれから背負う女王の責任の重さを表しているようだ、とセラフィーナは思った。

そして最後に、長兄が宝冠をセラフィーナの頭上に載せる。本来であれば、この役目は前女王が担うのだが、すでに亡くなっているため、長兄が役目を負った。

長兄の手を借りつつ立ちあがったセラフィーナは、ゆっくり後ろを向き、真っ赤な布地が鮮やかな玉座に腰を下ろした。

瞬間、拍手と歓声が玉座の間を揺らす。

「セラフィーナ女王陛下万歳《ばんざい》！」

「我らが女王に、永遠の愛と忠誠を！」

「女王陛下万歳！」

高い天井を反響して、耳に痛いくらいの拍手喝采《かっさい》が響く。それを、セラフィーナは片手を掲《かか》げることで黙らせた。

水を打ったように静まりかえる会場で、セラフィーナは言った。

「前女王である母が亡くなって、早十六年。女王不在という大事を、皆、よくぞ耐え抜いてくださいました。暗鬱《あんうつ》たる時代は終わりました。今日からは、私が新たな女王として、皆を支えましょう。我がルーベルの民に、愛と誠意を！」

会場内のルーベル国民が、一斉に跪いた。

「我らがか弱き女王に、永遠の愛と忠誠を捧げます！」

一言一句たがえることなく、会場内のルーベル国民全員が声をそろえて宣言した。一糸《いっし》乱れず女王への忠誠を誓う姿を見た各国の招待客は、先代女王を失って不安定だったルーベルが、やっと本来の姿に戻ったと安堵《あんど》するのだった。

無事、戴冠式を終え、セラフィーナは女王となった。

相変わらず為政者《いせいしゃ》として必要な知識は足りないけれど、自分を慕《した》ってくれる人たちを守るためにも頑張ると決めているため、長老の厳しい指導にもへこたれずにしがみついている。

しかし、焦ったりはしていない。自分には、ジェロームをはじめとした優秀な臣下たちがいるから。暴走しないよう手綱さえ握っておけばそれほど心配はないだろう。いざというときにきちんと自分で判断できるよう、研鑽《けんさん》を怠《おこた》らなければいい。

長老が参考資料としてくれた『猛獣を御《ぎょ》する鞭《むち》の使い方』という本にも、飴《あめ》と鞭の使い方が大事だと書いてあった。鞭ばかりではなく時には飴を与えることも必要だが、いざというときは容赦《ようしゃ》なく鞭を振るうこと。それこそが、猛獣に誰が主人かをわからせる方法なのだと。

女王になると決めたとたん次々と襲いかかってくる問題を片付け、戴冠式という一大行事も終えて日常を取り戻したセラフィーナは、忘れていた。

女王になることを嫌がる、根本的な大問題が、まったく解決していないことに。

「婚約者を、決めろ……ですって？」

食堂で朝食をとっている最中、ジェロームに告げられた言葉を、セラフィーナは意味もなく反芻《はんすう》した。まるで理解することを拒否しているようだ。

婚約者って、誰の婚約者？　いやいや、自分にはすでに婚約者がいるんじゃなかったのか？

「ルーファスたち三名は、あくまで婚約者『候補』です」

セラフィーナの混乱を読んだかのように、ジェロームが説明する。

「晴れて陛下が女王を戴冠されましたので、このあたりで伴侶《はんりょ》を得てもらおうと、まずは婚約者を選定いただきたく」

呆然《ぼうぜん》としたままなんの反応も返さないセラフィーナへ、ジェロームは思い至ったとばかりに両手をついた。

「もちろん、三人全員と婚約していただいて構わないのですよ」

軽い調子で告げるさまが、そこに嘘はないと思い知らせる。ここに来てやっと、ずっと棚上《たなあ》げにしていた問題が残っていたと思いだした。

「ちょ、ちょちょっと、待って！　私は、お母様みたいに夫を何人も持つつもりはないわよ！」

「わかっております。ですから、殿下の婚約者候補は絞《しぼ》りに絞って三人だけにしているではありませんか」

「そこに配慮《はいりょ》があったの!?　って、違う。そうじゃない！　私は、ただひとりと結婚したいの！」

次代の女王を産むということがどれだけ大事な責務か、セラフィーナはきちんと分かっている。だから、結婚したくないなどとは言わない。ただ、母親のように両手の指以上の夫を抱えたりせず、ただひとりの人と愛し愛されたいのだ。

セラフィーナの精一杯の主張を、ジェロームはそんなことと、と言わんばかりに軽くうなずいた。

「でしたら、ひとり選んでくださいよ。そうすれば他の方はただの護衛となりますから。……………次代の女王がなかなか生まれなかったら、問答無用《もんどうむよう》で増やしますけど」

最後の方はぼそぼそと話したので、なんと言っていたのかセラフィーナには聞こえなかった。どうしてだろう、背中がぞくぞくする。風邪《かぜ》だろうか。

両腕を撫《な》でさすりながら首を傾《かし》げていたセラフィーナだが、悠長《ゆうちょう》に構えている場合ではないと思いだす。

「だいたい、ルーファスたちにも選ぶ権利があると思うの！　私は、愛のない夫婦にはなりたくないの。ちゃんと愛し合いたいのよ！」

自分で言っておきながら、恥ずかしくなってきた。セラフィーナは自らの頰《ほお》が熱くなるのを自覚して、慌てて両手で頰を覆《おお》った。

ジェロームはセラフィーナの純情っぷりをしばし堪能《たんのう》してから、視線をなんとか引きはがしてエリオットたちへと向ける。

「と、言うのが陛下のご意向ですが、あなた方は陛下との結婚について、どのようにお考えですか？」

自分のことを彼らがどう思っているのか、こんな事務的な問いかけで聞かされるなんて、どんな拷問《ごうもん》だろう。セラフィーナは思わず、遠い目をしてしまった。その間にも、エリオットが口を開いた。

「僕は陛下と結婚してもいいと思っているよ。だって、陛下のそばって居心地いいし、なにより、陛下の脆弱《ぜいじゃく》っぷりを好きなだけ堪能できるからね」

ふふふっ、と笑いながら告げられた言葉に、セラフィーナはときめきではなく悪寒《おかん》を感じた。本能が告げている。エリオットとの結婚は危険だ、と。

「俺も、陛下と結婚してもいいと思ってる。その、なんというか……陛下は見ていて危なっかしいというか、俺がいなきゃって、思ってるところがあるから」

照れたように視線をそらしつつ、淡く染まった頬を指でかきながらハウエルは告げた。思わずセラフィーナが胸ときめかせてしまっていると、エリオットが「無理だね」と水を差した。

「ハウエルはニギールの人間でしょう。下手《へた》に他国の人間と結婚すれば、いろいろと面倒なことになる」

「失礼な！　ニギールはルーベルをどうこうしようなんて考えていない」

「どうだか。だって君は、すでに僕たちのやり方にいろいろとケチをつけているでしょう？」

「あれは……あんたたちが女王をないがしろにするから……」

「ないがしろになんてしていない！」

もうほぼお決まりとなった、エリオットとハウエルの言い争いが始まってしまった。それに目もくれで、セラフィーナは物思いにふける。

そういえば他国から婚約話が殺到した時、『自分の子孫を次代の女王にして内側からじわじわ我が国を手に入れようとしている』と話していたなと思いだす。そう簡単に他国がルーベルを手に入れるなんてできないだろうと思うが、万が一もある。ハウエルとの結婚は考えるべきではないかもしれない。

エリオットとハウエルがだめとなると、残りはただひとり。

「でもルーファスは、私との結婚は考えられないのよね？」

本人が言っていたことだ。確信をもって問いかけたというのに、ルーファスの答えは、

「いいえ」

まさかの、否定だった。

訳が分からず呆然とするセラフィーナの傍へ、ルーファスが近づいてくる。すぐそばで跪《ひざまず》くと、セラフィーナの手をとった。

「私はただ、陛下を誰かと共有することができない、と申し上げただけです。あなた様が私だけのものになるというのなら、喜んで結婚いたしましょう」

神秘的な金色の瞳で見つめたまま、手の甲の王華《おうか》に口づけが落ちる。唇が触れた場所から全身へ電流が流れた気がしたセラフィーナは思わず、

「ひっ……よぇぇぇえええええ！」

と奇声を発しながらルーファスを突き飛ばし、立ち上がった。

「わ、私は、まだ、結婚するつもりなんてありません！　だから、もうこの話は終わりぃ！」

真っ赤な顔でそう宣言するなり、セラフィーナは逃げるように食堂を飛び出した。立ち上がったルーファスがそのあとを追いかけ、エリオットとハウエルも続く。

「その緩《ゆる》み切った顔、どうにかしてよ。腹立たしい。ちょっと優位に立ってるからって、あんまり調子に乗らないでね」

「まったくだ。すぐに陛下にべたべたして……初心《うぶ》な陛下をもてあそぶのはどうかと思う」

「言ってろ。陛下を独占できるのならば、私はそのチャンスを全力でつかみに行くまで」

候補者三人が、逃げ惑う自分の背後で牽制《けんせい》し合っていたなんて、すでにいっぱいいっぱいのセラフィーナが気づくはずもなかった。

最弱王女――改め、最弱女王の奮闘は、これからも続く。

あとがき

こんにちは、秋杜《あきと》フユでございます。このたびは『うちの殿下は見事な脆弱さと驚きのどんくささを持つ素晴らしい女性《ひと》です　最弱王女の奮闘』を手に取ってくださり、ありがとうございます。

題名、長いですよね。噂《うわさ》ではコバルトの歴代作品最長らしいです。この作品は、チート級に強い方々が暮らす国で、平凡な能力しかないヒロインが必死に最弱を返上しようとする、私Tueeeeならぬ私Yoeeee小説です。

新作です！　ドキドキです！　どんなお話を書くのか担当様と相談した時にですね、私は言ったんです。次の作品は王道タイトルのザ・少女小説なキラキラ表紙で、超おバカな話を書きたいと。まだどんなお話を書くのか決まってすらいない段階で、です。そうしたら担当様がですね、明咲《あさき》さんを連れてきてくださいまして。これはさぞまぶしい表紙になる！　と意気込んだわけなんですけど、ふたを開けてみれば題名に……隠しきれない残念臭《しゅう》が……！

おかしいな。当初の予定ではもっとクールでスマート（キラキラエフェクト付き）な題名にするはずだったのに。担当様と相談しているうちに私の脳内でルーファスが殿下自慢を始めてしまったんですよ。うちの殿下は、うちの殿下はって。ちなみにこの題名は、「殿下はどんな方ですか」と質問されたルーファスの答えです。

担当様、表紙詐欺《さぎ》がしたいという身も蓋《ふた》もない要望や、私Ｔｕｅｅｅならぬ私Ｙｏｅｅｅ小説が書きたいですというざっくりした説明に耳を傾けてくださり、ありがとうございます。本作は最初から最後まで笑ってばかりでしたね。これからもよろしくお願いします。

イラストを担当してくださいました、明咲トウル様、大変忙しい中で引き受けてくださり、ありがとうございます！　表紙絵のルーファスの色っぽいこと色っぽいこと。担当様と悩ましいため息をついてしまいました。表紙のデザインについて迷っていた時、的確な意見をいただいたおかげでこんなに素晴らしい表紙が生まれました。一緒に仕事ができたこと、光栄に思います。

最後に、この本を手に取ってくださいました読者の皆様、心より感謝申し上げます。

一生懸命バカなことをするお話です。本人たちは真剣です。まさしく逆ハーレム状態のセラフィーナを見て、絶対身代わりになりたくないな、と思っていただけたら大変うれしいです。

ではでは、次の作品でお目にかかれますことを、心よりお祈り申し上げております。

秋杜フユ

※この作品はフィクションです。実在の人物・団体・事件などにはいっさい関係ありません。

あきと・ふゆ
２月28日生まれ。魚座。Ｏ型。三重県出身、在住。『幻領主の鳥籠』で2013年度ノベル大賞受賞。趣味はドライブ。運転するのもしてもらうのも大好きで、どちらにせよ大声で歌いまくる迷惑な人。カラオケ行きたい。最近コンビニの挽きたてコーヒーにはまり、立ち寄るたびに飲んでいる。

うちの殿下は見事な脆弱さと驚きのどんくささを持つ素晴らしい女性《ひと》です
最弱王女の奮闘

COBALT-SERIES

2018年３月10日　第１刷発行　★定価はカバーに表示してあります

著者　秋杜フユ
発行者　北畠輝幸
発行所　株式会社　集英社
〒101－8050
東京都千代田区一ツ橋２―５―10
電話　【編集部】03-3230-6268
【読者係】03-3230-6080
【販売部】03-3230-6393（書店専用）
印刷所　大日本印刷株式会社

ISBN978-4-08-608064-4　C0193